樂府

·

心里满了，就从口中溢出

在雪山和雪山之间

乔阳 著

序

绵绵其山，莽莽无言，
风雷浩浩，神其巍巍。

芸芸草木，漫漫其盛，
纷然其形，沃然和滋。

太虚寥廓，星河灿灿，
日月朗朗，枢机玄玄。

人何言哉，渠何思欤，
揖手止止，长平长安。

叶落归复，极泉潺潺，
灵虚有物，时至生生。

天曰容平，地曰敦阜，
广生赞化，吾心澹澹。

李辛

2020.1.2 于常熟

目录

第一章

在雪山和雪山之间

我没有写过书，也不知如何写序，想来想去，应该介绍一下我为何在此，又为何一直在此生活，而自然，是如何在我的生命中扮演了重要的角色，它实际上成为我生命的一部分，是主要的力量。

对于滇西北这个区域，我是一个外来者。我出生在遥远的四川小城，从地理上看，是横断山脉东部边缘再向东延展的盆地，岷江在离我家不远的地方缓缓流淌，在这之前二十多公里的地方，它刚刚容纳了大渡河与青衣江。我对江水来处的最初印象，来自每年冬天江水的静绿以及夏日的混浊咆哮，它们带来上游山脉冰雪或暴雨的信息。

少年时，我一次次在洪水的漩涡中安静地被带到水下混浊的深处，再由它带领近水面，沿着切线方向奋力游出，这是我们一帮胆大的小孩的游戏，把握危险边缘的精妙平衡带来的刺激。更多的时候，在家乡另外的小河，抓住石头躺在水底，看着水面的树叶与浮萍缓缓流过，有时有漂亮的糖纸，这在当时是稀罕的。大多数时候，阳光自顾自洒下碎银，由水面反射给它自己，不知道是忧伤还是开心。

暑假时，我躺在草席上，拿着《中国地图册》研究，水来自哪里，山脉来自哪里。打开巨大的世界地图铺在地上，更多的山脉、高原、极地，以及无尽蓝的海洋啊，那瞬间倒吸的一口凉气，至今没有缓过来。血液流得总是那么快，以至必须助跑着从桥面上往下跳——空中无用的挣扎后“咚”的一声浸入幽暗深水。夏到秋，秋至冬，凌晨便去游泳，默默定下必须几个来回，数着憋气必须两分钟。以这些无端端的行为来冷静。

其实我家人的生活比较悠缓，那个年代的人，并没有什么自然的概念，现在看来，他们一直生活在自然之中。

在江边原野中间，田野环绕的民国时期的老派小区里，我外婆的房子是第二排平房的顶头一间，比起别人家前后的院子，多了侧面的一个小院。依稀记得前院有一些常绿树，松或者柏，也许水杉，树影正好落在门口石凳上——家家户户都从江边搬来枕头大小的鹅卵石做凳，经年之后，中间微陷且异常光滑——夏日悠长时，有些伸长的枝叶的影悄悄探头进入窗前的书桌，瞅一眼桌上未开启的书，写到一半的句子。忽而又听到老挂钟的针脚规矩走动的声音，就调皮去打乱节奏。

侧院里有桃，枇杷树也在里面奋力生长，还有矮小的橘子树，果实要等到十一月。偶尔的年份，也有葡萄藤，夏天挂了果，来不及熟就被偷偷摘光。花朵就散在前院和侧院中。后院则是菜地，种着应时菜蔬，屋檐下的角落有几口黝黑的大缸，用来存储雨水浇地，同时各家都有自己的茅厕，就在菜地尽头，应该有专人收集，其中部分大约也作为自用的肥料。当时外公外婆退休，儿女已无须操心，正是一生中难得安定的闲居时光，除了读书散步，多数时间就伺候花草菜蔬。

没人知道我喜欢凤仙花，加上明矾捣碎了，偷偷染出淡粉的指甲，藏在袖子里，上学前赶紧洗掉。院子里姹紫嫣红，不能吃的我基本都不认识，现在回忆起来只有斑斓的颜色。专偷外公的一串红，红色的花心——后来知道叫冠筒，里面有清甜的蜜。一大早我就把它们摘光光，外婆假装骂，外公假装没听见。据说外公年轻时花鸟虫鱼都画得很美，可我除了他优美小楷写就的家训，其余也没见过。他总是眯着眼睛在听鸽哨，天空湛蓝只因为他的鸽子才变得自由。外公也在家人的督促下教过我们画竹写字，孩子们太顽劣，学不学的，他其实并不在意。

季节的变化在食物中，鼠麴草嫩的时候做粑粑，蒲公英可以煮猪肝汤，马齿苋要糖醋，金银花泡茶加一点冰糖，枇杷叶煮水止咳。木槿花美丽又美味，煮蛋汤有别样的轻滑，据说可以明目，引得我外婆八十多还要爬树去摘花。西瓜必须浸在深井里，我喜欢这冷沁动人的甜味超过玫瑰糖的馥郁。而菖蒲与翠竹长植，是他们文人的骄傲，菊花也是骄傲的一分子，不过于我而言，用菊花烫鱼火锅似乎更美味。

除岷江外，家乡另有两条小河，巨伞一样的大榕树，严肃、持久、美丽，铺满了整个河岸。冬天它们也落尽了叶子，纤小的植物稍稍有些零星绿意的时候，小孩子是看不到的，只有大榕树新绿的胞芽忽然遍布河边，春天就到了。我对家中春天的平常蔬果没有太多印象，大榕树新出的淡绿带粉的苞芽沁甜可口，才是小孩子的最爱。我们爬上爬下，争采嫩芽，我们在树下打架，我们在树上打架，有时摔一个下来，躺半天不做声响，起身后发现大家都跑光了，就独自默默回去。夏日炎炎时，因为期末考不好不敢回家，我躲到河里去，有时也躲在树上，那么多细细水波，那么多密密的树叶，它们自顾私语，并不注意我的存在和忧虑。

这是我小时候生活中的一点点自然。到了四十岁以后，我常常被召唤到记忆中，眷恋那时候的小小情趣，也怀念那些生活在平凡中的长辈，深深地感激他们从不曾真正拘束我。

家人、邻人，在我的记忆中，那个年代的人们对于花草树木有天然的喜爱和表达，我们总是赞叹谁家的花种得好，而他／她一定是一个热爱生活的人。哪怕只是在狭小窗台上的几个土盆中，甚至只是在一个废弃的痰盂或木箱里，月季、玫瑰、蔷薇、文竹、芍药、牡丹、大丽花、长寿花、君子兰、蟹爪兰……人们都种上花，林林总总，相互唱和。

我的外婆喜欢茉莉和栀子花，可以穿成花串别在衣襟上，插在发髻里——可惜她早早剪了齐耳短发，那就挂在蚊帐里。外公喜欢南天竹变换的颜色以及文竹的深浅绿意。我后来自己插花所选不过枯枝以及小型花材，回想起来，才发现自己的局促，原来红釉花瓶里牡丹、茶花、芍药为主帅的花束，在他们年老的时候，绽放心中瑰丽，并没有因为时光老去而衰退。而另一个极端是，我记得有一年冬天，母亲派我送一束蜡梅给外公，外公微微笑，说香花还是在户外的好，出门转角，不经意闻到。不经意才是上道。

我记得盛夏时和邻居们一起彻夜等待一朵昙花的开放。它开放的日期被早早计算并公告，下周啊，还有三天，还有两天，最后等一天……就在今晚啊！人们准备了好多零食、小板凳围坐着等，大人小孩，只为一朵昙花。我不记得邻居的名字，不记得当日有谁，我在瞌睡中被唤醒，只记得朦朦月华下，一切都被笼罩在微黄的光晕中，昙花一现的时候天地肃静，而我分明心旌摇曳又无可述说。

我父亲年轻的时候因为工作关系经常出差，使他成为他那一辈人中难得的有机会在国内四处游历的人，从东北的冰天雪地，到大漠黄沙、东海潮水，再到西南雨林……他回家后绘声绘色的描述直接引导了我们对外面世界的向往，其中九寨沟、海螺沟的照片引起我对藏区以及雪山、冰川、森林的深深的关注。他买给我的最珍贵也是至今没有丢弃的书，是红蓝两色塑料封皮的《中国地图册》及《世界地图册》。

在我小学的时候，我们经常在饭桌上讨论地理问题，从国内延伸到世界，经纬度、海拔、风带气候带……我会随手画出所有的省份和大部分国家的地图。我们热烈地讨论我要去到某个城市需要经过的所有地面路线，如果不用考虑钱的话。我们讨论季风和洋流，以及我们都未曾经历的可能的航行。我和妹妹有次在公交车上争论光速，我告诉她，她看到的星星也许早已消逝，不过是一个影像，又商量如何像对折一张纸一样折叠空间，以使我们的星际航行航程最短，全车人哄笑小儿幼稚，父亲正襟危坐并不回应。

父亲最后的旅行，是在他七十岁的时候，随我徒步了白马雪山。沿着 U 型谷，在原始森林中缓行，在高山草甸上看到大片的蓝色鸢尾花和黄色马先蒿，冰川在浓雾细雨中逐渐显露真颜，日落之后，于暮光升起处熠熠生辉。

我的母亲则继承了她父母对花卉的热爱，虽然她厨艺一般，也不会做桂花糖玫瑰糖，但我们家花草不断。母亲喜欢她父亲喜爱的一切花草，以此来寄托思念，而花草热心地回报她，带给她赞美和欢笑。她在大理居住时，种下的秋菊与芍药、靠墙的金银花依旧年年盛开，就连韭菜与藿香，也经年提供日常所需，我儿子因为这些常常念叨他的外婆。

除了日常花草之外，母亲也在老年时发展出对大自然更多的热爱，她在映日荷花初开的西湖边晨练，也喜欢骑自行车穿过山丘中的茶园。在厦门居住多年后爱上大海，不论风和日丽或者是风急浪高，她都爱面朝大海，打一套太极一百零八式，动静相宜。每日清晨，她所遇见的一切，都化作她内心丰富的内容；自然所呈现的宽广，令她的世界也因此开阔。

我青年时丧失理想离开家乡，沿着河流回溯，一直往上，再往上，从河谷蜿蜒处到这高山峡谷之地，机缘巧合定居在这里。最初在飞来寺村居住，后来搬到雾浓顶村。这两个村子，属于迪庆州德钦县，对外来者和游客而言，其地标是梅里雪山。梅里雪山是怒山山脉的一段，这里是三江并流的核心区域，云岭山脉、怒山山脉、高黎贡山从东到西依次排列，在雪山与雪山之间，金沙江、澜沧江和怒江，以及最西侧的独龙江，在峡谷间前行。这里是比我的家乡“更大”的自然。我在这里已经生活了十多年，时间流逝，我仍然像孩子一样任性，总是能给自己找到无事可做的理由，保持着游荡的习性。

山脉的伟大无可比拟。从山峰到冰川，林间溪流，湖泊与大河，布局巧妙合理。在我看来，三江并流区域是“山川”两个字在大地上的真实缩影——尽管我不太喜欢“山川”“山河”这样人文气息的词语，却不得不用它来表达多数人理解的情绪。我总是想象自己在高空中俯瞰，我不需要羽翼，峡谷的上升气流足以带着我越过雪山，再往上，从更高处俯瞰大地的纹理。我想让我的老师来这里，他在我年少的时候为我介绍德沃夏克，喜欢音乐的人都应该来听听这自然的乐章，相比词语，音乐就真实得多。

当我站在云岭山脉时，在更远的青藏高原，山脉的源头，大气正在高空转换。低处的冰川，在阳光升起的瞬间，开始滴落一颗颗透明水滴，水滴从冰原开始汇集，在草甸和森林间逐渐聚成溪流，集合、奔腾。同样发生着这些的，是江河源流沿途的山脉，我身边的梅里雪山、白马雪山、碧罗雪山、高黎贡山，在自然之力统一的指挥下，纷纷参与。融雪汩汩地在山间流淌，从高山草甸的灌丛，到杜鹃林下，谢绝古老的暗针叶林的挽留，一路从雪线之上速降 4000 米，汇入几条大江。高原冰雪融水的河流接纳沿途的雨水，一路远去直至遥远南方深深的海洋，再由每年的西南季风带回到这些高山上，完成雨、雪、水的循环。季风沿途的植物以森林、草甸和河谷植被的不同形态，吸收、蒸发，参与这年复一年的回旋曲——如果没有它们，水汽在到达内陆 600 公里左右的地方，就会偃旗息鼓——这是美好的配合与真正的谐和。河流自北方来，风带着水汽从南方上溯，也带着花事，回馈远方。

阳光从另一个星球洒落下来，没有了之前我家乡盆地的阴霾。即便不从高空俯瞰，我也能看到这平行的山脉和河流，了解到垂直方向和水平纬度不同的热量、水分以及信息的交流。地球内部力量带来板块的撞击和山脉隆起，外部的力量——阳光、水、风、河流、植被以及人类深刻了这里的地貌。几千万年以来，每一刹那的变化累积到我们现在看到的伟大景观，一切都在流动，流动是伟大的力量。我在这力量的核心中。

在雪山与雪山之间，河流从高往低，从北往南；森林沿着山脉流动，我可以清晰看到林线的蜿蜒，季风在峡谷流动，它带来的雨滴从树冠落下，被土壤下方的根系吸收，流动到树干和枝叶。水在叶脉间流动，水雾在林间流动，苔藓吸饱了水从枯黄变成青绿，挽留住水分在土壤表层流动，暗流在冰川下流动……我的血液在流动，如同江河，我思绪流动，如同云雾，这一切之上，阳光带着热量在流动，从星球之外穿梭而来，在冰川上，在森林间，在每一片草叶，在飞鸟的羽翼与走兽的脚步上，在我的眼睛里。

在飞来寺居住的时候，俗世的尘埃还不能到达神山的高度，我伸手出去就能牵回来几朵峡谷里闲荡的棉花云。天地洁净，卡瓦格博神端坐在云层之上，晚霞满天是他在巡游。在他的目光下，藏人从澜沧江源头而来，云雾的幕障因他们庄严的祈祷而缓缓打开。他们的骨节粗大而扭曲，一路风尘，在雪夜里用羊皮囊燃起明明灭灭的篝火，他们唱起古老的歌谣赞美大地。我无法忘记但永远不能复述那样纯真的歌谣，不曾经历风雨，不曾有过摇动的思绪。是不曾照过影子的小溪，飞鸟尚未飞过的天空。我看到自然的规则，大地和天空向我印证，山脉正直进取，与河流、与森林一起细细阐述，人类与动物安然生活，从未在其中凸显。

旅游发展后，我搬到更宁静的雾浓顶村。村子坐落在白马雪山山脉上，我的屋子坐北朝南，北面和东面是山林、松树和栎树，南面是雾浓顶村的田野，田野后一道小小的山梁，东头是松，西头是白桦。我从窗外望出去，是澜沧江河谷的一道道山脊，正西面是梅里雪山，它的南端是碧罗雪山。

早上迷离的光线从窗帘缝隙透进来的时候，常有山雀“笃笃笃”地敲击玻璃窗，急促地唤我起床。我拉开窗帘，它们惊魂不定地瞪着我，再嘻嘻哈哈迅速落跑，隐没在栎树林间。

运气好的时候，松鼠会晚些叫醒我。它一大早就来来回回地在屋顶和平台的栏杆上跑着，捡一些无用的果壳。我的房子是传统夯土藏房，屋顶是泥顶，承托泥顶的是椽子和很厚的“薪”，老鼠和松鼠都在里面做窝。“薪”是我根据德钦藏话选用的字眼，意思是柴火，细直的“薪”也用来盖屋顶。我不太介意和老鼠松鼠们共生，这儿原来是它们的地盘。低海拔的朋友们送来河谷生产的核桃和板栗，高地的朋友送过来松子，大家都张一张嘴靠自然。半夜里听它们滚核桃，便感觉到它们的满足。

最好的时候，可以等到九点，牛上山吃草，叮叮当当的牛铃铛叫醒我。9 月之后，牛从牧场搬迁回村庄，每天早上挤完奶，再放到周围山坡上吃草。牛铃铛据说有七种尺寸，我至今不能分辨，大约只能知道是老牛或小牛。走在前面浑厚的声音是成年的牛，它们走得很有节奏，偶尔齐刷刷停下来，集体仰望雪山。丁零当啷打破节奏的是乱跑的小牛，它们春天出生不久就被带到牧场，回到村庄，对一切都新鲜好奇。

大多数时候，不要任何事物叫醒我，我自己醒来，在天黑尚未转明时。几颗残星，山林黝黑，隐约可见山脉的走向，白马雪山，碧罗雪山，梅里雪山，善于夜飞的鸟群停止了穿越，一点躁动都没有，风在未生起处，河流缓缓，西边是澜沧江——湄公河，东面是金沙江，世界巨大、宁静，包容一切又空无一物。

如果天色阴沉有雾，那就起一炉火，窝在屋子里，还可以咕嘟咕嘟熬一锅玉米粥。如果天气好，往哪走都可以，看起来都很美。背后的山林是原始栎树和松树混交林，有偶尔的红桦。云南杜鹃和亮叶杜鹃混迹在其中，比低海拔的同品种晚大半个月，等到 6 月初才会开花，热烈地开放直到 6 月底 7 月初的第一场暴雨，或者某一天黄昏突如其来的冰雹。低矮处以小檗为主，其中一种当地人叫三根针的，可以替代黄连药用，另一种金雀花在雨季初来时开花，可以用来炒鸡蛋。

我喜欢坐在枯木上面晃悠，看向周围更深的林间，蔷薇科的植物很多，绣球藤和山梅花，它们白色的花朵像悬空一样，飘浮在浓重的绿意中。林下有野生菌，松茸、牛肝菌、一窝菌都长在这里，雨季的午饭很好打发，焖上饭，再去林子里找几颗菌子回来炒琵琶肉。有时我走得高一些，去到白腹锦鸡喝水的池塘，再高一些，直到看见西面的梅里雪山，以及猛禽迁徙的河谷。

往南走，越过村庄与田野。春天最早出现的是碎碎的荠菜花，以及蒲公英。早间气温太低，蒲公英也要等到近中午太阳热烈才会打开花盘，五月中下旬，桃花、野樱桃花开了之后，田野里逐渐看到明确的绿意，是冬麦和青稞，之后是紫色白色花的洋芋，田埂上逐渐换成了粉紫的紫菀和黄色鼠麴草，开小白花的接骨草大片的在路旁，必须凑近了，才能细细地看清它们每一个美丽无比的小骨朵。小麦青稞收割之后的蔓菁还绿绿的，它们持续到冬季来临。深秋，接骨草结出红色小果果的时候，紫蓝色的翠雀和倒提壶蔓延霸占了田边。尼泊尔香青透明的纸样花瓣开在坡地上，火绒草更加干燥和严肃地站在一旁，这是我喜欢的两种。冬天啥也没有，风毛菊属的植物一团凌乱，要看到它的美需要晨昏的逆光。

大多数时候，在田野里看不到人。播种只要几天，拔草只要几天，收割只要几天，积肥只要几天，其余时候，人们到地里来做什么？

田野南面的山梁，树林里有煨桑台和经幡，放生的鸡在林间阔步。我也喜欢坐在这里，小松鼠清理了煨桑洒落的青稞和小麦之后，偶尔会跳到我的腿上。松和栎高大绵密，大部分时候，只能听到风从顶端的树梢经过，只在需要的时候，它才吹向林间，掠过松萝，郑重地吹起经幡。白桦林五月新绿，秋天金黄，在那之间的雨季，浓荫的林间，阴湿处是齐膝高霸气的黄花杓兰，以及秀美的紫点杓兰。

午后的时光大都无聊而懒散，每个季节都一样。日光太高，从半夜里就拼命生长的植物，在午后都开始疲惫，抓紧时间吸取太阳的力量，好筹备一个完美的睡眠，我也一样。风从峡谷里起来的时间，也是在两三点之后，早上峡谷吸取阳光的热量，一切逐渐升腾，上升的气流到了最高的极限，饱满和虚空同时存在，生成了风。风忙忙碌碌，它是喜欢平衡的事物。风起的时候，大多数情况下，我就待在家。

屋外的平台有两棵树，东面大一些的是黄背栎，西面小一些的也是黄背栎，它们穿过我平台的地板，嗖嗖地长高长胖，几年后争相触到屋顶。大一点的栎树下，我放了一张旧餐桌，小一点的栎树下，我胡乱钉了一张茶几，村民不用的藏房里拆下的承托，每两个叠在一起正好是凳子，极美的流线造型。有的时候，就算没有风，我也哪里都不去，我在这两棵树下来回，栎果嗒嗒掉落，我听着，看它们果实上可爱的小帽子，鼷鼠和小老鼠喜欢的那种。我们喝茶，吃饭，看书，烤太阳，打瞌睡。

有时候我走得更远些，带上简单的午餐，去到澜沧江边陡直的山脊。峡谷的气流回旋不定，流云聚散。忽然出现的阳光，一会儿打在峡谷的村庄，一会儿打在雪峰下的冰川。我无事可做，背靠松树打盹，想象着对面的冰川巨人，它们穿着小砾石的溜冰鞋前进，轰隆隆地在森林间清除出一条路，边跑边抛弃异体。当阳光忽然打在冰川上的时候，我正睁开久闭的眼睛。一下子灌进来的阳光及反光的光海，宛如流星忽然陨落的强烈光线，用力冲进眼中，这一幕天真又强烈，是极为炫目的打击。等我闭上眼的瞬间，一切又迅即退让到灰白色中。睁眼，再等，也无任何提示。整个景象很肃穆。云不动，没有预示任何确切的信息，不知道风雨是否来临。

这样温和的阴天，正是我喜欢的。一切足以令人动容。我总是喜欢坐在半山腰同一块窄窄的石头上，来面对这些事物，脚下不远是往下的峭壁，直直插到澜沧江边。这个世界很安静，用不着交谈。雨季到了，秋天也很快，过几个月就要进入冬季。事物千头万绪的不确定中，有另外的一种笃定。

“大部分自然现象……是我们毕生无法见到的。我们所能看到的自然之美，只是我们愿意欣赏的那一部分，分毫不差……人们只能看到自己关心的事物”，梭罗的话一点不假。

无论物质或精神的体量上，雪山太大，以至于前些年我只看到雪山，后来才逐渐看到其他事物，比如植物。我惊喜地发现一个未知世界，立刻抽出大量的时间在这些山脉间行走，尤其从春季到秋季，我认识了很多以前我从未见到的植物——“认识”这个词微微让我有些胆怯。因为学习——包括植物分类学和民族植物学，都仅仅是业余。我看到更多的植物个体、植被形态、植物和人、人和自然、自然的力量，这个由植物引出的、我之前未知的世界如此美妙绝伦，它们以个体和整体的语言论证世界的法则，我将在这本书中尽我所能讲述其中的一些片段，但无论怎样，它都是浅薄而片面的，不过是个人经验。

这中间我生下可爱的儿子。他的降生在一个短时间内改变了我的生活秩序，但很快我们就一起回到原来的方向。比较重要的改变是，我从独自的个人主义，变成一个“希望成为好人”的人。我关注周围，希望以一己之力，许给他一个更好的世界。

我一直把他带在身边，未来也将如此。他七个月上到 5000 米海拔和我一起看花，扭着他的胖屁股爬在高山上，抓起石子来看，抓起草往嘴里塞。高山小溪边的水木耳黑黑的，又有点晶亮，他发现这和石子不同。龙胆花更奇怪，手掌慢慢伸过去，还没有碰到，花朵关了，等一等，又开了，他不明白是阳光的原因，以为魔法了。

大狗陋陋是他的朋友，还不会走的时候，他俩在青稞地里呆着。大一点会跌跌撞撞地走了，他们喜欢去山上。小檗科的灌丛长满刺很不友好，对成人很麻烦，但孩子和狗在低矮处进出自由。沿着一条只有他们才看得见的秘密通道，嗖嗖地很快可以直达半山的一棵高大栎树下。那棵栎树真美啊，在茶马故道的玛尼石边，挂满松萝，巨大的树冠如同屋顶一样，松萝垂髫直达树下的大白花杜鹃丛。

我有时直接去大栎树下捕获他们，看他们一前一后摇摇摆摆地走来，把他放倒在肚子上，胳肢他，令他大笑，指给他看随风飘荡的松萝，看，是风。转过来趴着，可以找到林缘草地刚冒出来的，小指头一样高的矮紫苞鸢尾，湿润的角落，有一朵两朵直距耧斗菜，看，阳光的紫色。他不停地滚来滚去，听，枯叶还咔嚓咔嚓，它们在诉说去年的时光。

儿子稍大些，我有了相对多一点的时间。我逐渐关闭掉大部分的书籍，增加我在自然中的停留。人类的著作在自然这部大书的面前显得有些可怜，我为这里的历史、苦难与欢欣而叹息，但也深知这不过是过眼烟云，深沉美好的事物从来不曾失落。意想不到的生命的力量会在最衰弱的时候出现，就像如今当悲伤成为世界的情绪时，即使人所不知，大地也会促动生命力量的再度蓬勃。因为这是宇宙的大规律，一切相互关联和制约，趋向谐和与完善，它会促使灵魂清醒。

我看到的自然至今仍然是残缺的，我完全不懂的众多动物与鸟儿定会嘲笑我。在知识的学习和经验的获取同时，我同样也谨慎地不把“我”的一切已有的带入自然中，我聆听，赞赏它，静下心来，不带任何思绪和急切的主张，仅以纯净把自己委托于它。

因为儿子读书的原因，三年前，我们从雪山脚下搬到大理。我们在乡村的老院子里居住，朝南的土地有梨树、桃树、缅桂花，我又种了冬樱与木槿，树下是菜地。我们住在田间，但儿子和我都还是觉得大理太吵，而且总不能真正天黑，我们回到了算得上城市的地方，但是显然这带来了其他的困窘。

我们坐在四方天空下的石阶上聊天，有时候我忙，他就自己找块纸板铺在院中，躺在地上看云。月亮从洱海升起来，之后会经过我们的院子上空。燕子在他身后的廊檐下搭巢孵卵，他提醒爸爸不要开灯，也不要盯着它们，因为“就算只看，它可能也会害怕”，我也不知他何时参与了燕子的交谈。最近他开始学写字，坐在窗前写着写着就发呆，我质问他，他就笑，“妈妈，不是我，是风”，而风就在梨树和樱花树间哗哗作响，回应他。

海洋、高山、沙漠、草原，他走过很多地方，最多的还是在滇西北，两岁多他在白马雪山徒步；三岁多翻越碧罗雪山，从怒江来到澜沧江。他随他父亲在海上看星，小手穿过洋流的方向；他随他母亲在流石滩上看花，溪流边见冰凌，林深处看雾。今年他六岁了，我们计划暑期再去森林与冰川，有蚂蟥，有羚，也许还有熊。我希望他开始学习，并且在日后的成长中不要断绝与自然的来往。

我的父亲年老后身体困于轮椅，他一度认为这是不合理的惩罚，我理解他的愤怒，因此更加感激他。虽然他似乎不爱日常的花花草草，但廊沿下的一排水杉，以及窗外的银杏，仍旧会固执地以生动的绿色与翻飞的金色，配合青白天空，跃入他的眼睛，把他从人类俗务中解脱出来，不至于时时囿于其间。银杏树黄了，银杏树黄了，银杏树又黄了，他逐渐习惯。

在养老院中，我常常推门见他独自在桌前读书，用还能活动的一只手翻阅，手持放大镜，并认真记笔记，他仍然是特别的老头，至少可以在书本和思考中找到一些自由。有时我带他出去吃饭，慢慢开车沿着岷江前行，大河缓缓，落日、他，还有我，都一般无声。日月之行若出其中，星汉灿烂若出其里，幸甚至哉!

我的母亲，近几年同样因重病不能远行。家中屋顶花园，其实是花园和菜园，提供给她子女也无法给予的日常安慰。角落的紫藤花架，同时也提供给夏日攀爬的瓜果，藤下的水池，几尾金鱼游弋于睡莲间，香椿、蜡梅、铁树、铁脚海棠、垂丝海棠、茉莉和栀子、夜来香、玫瑰、月季、蔷薇……以及不同季节的各种蔬菜。大多数时候，她都坚持亲自打理，拔草、除虫、疏通水道、交谈。母亲从心底里认定，花草蔬菜带给她的，除了美与美食之外，更有生命的活力，每一朵花都打心底里为她秘密地坚持和祝福着。

在那些普通的劳动中，她和植物建立了稳定的友谊，也许是恢复了旧有的合约，那些温暖的力量抵达她内心深处我们无法到达的地方。当她不再考虑治好病，也不再想着病痛的时候，病情发展反而慢下来，她愁苦的病容逐渐平静，恢复了淡淡的光辉。人把自己交托给大地，大地也会把你交回给自己。

在缩减了几乎一切人际交往后，母亲仍然坚持在天晴日好的周末去看望老朋友，随手掐几把新鲜蔬菜，绿色的空心菜，紫色的观音菜，或者三两个西红柿，再加一枝海棠，几朵栀子。我想象着她手持菜蔬和花束，坐在公交车上穿越城市，心中没有尘嚣，脸上表情平静。

前些日子我归家，见床头玻璃小盏盛了几朵栀子，一枝粉色月季斜插月白小瓶，母亲把它置于钢琴上，花朵恰好以怜爱的目光注视着弹琴的她自己。她跟我细数最近开放的各种花朵，夜来香如何在她晚间打太极时送上幽香，而睡莲以粉色和白色与她一起迎向曙光。我回忆上次在丽江狮子山上，第一次见到一种海碗大的海棠，丝绒一样厚质的正红色花瓣，高尚又不失艳丽，我告诉她，小时候读“只恐夜深花睡去，故秉高烛照红妆”，一直不懂，小小海棠何至于此，直到看见这花，方才明白过来。妈妈我原来是没见识啊，她大笑。之后我们平静地聊到命运、死亡，与新生的话题。

我离开的清晨，她摘下带露珠的茉莉，穿成一束小花球，嘱我随身带上，以解夏日苦乏。像她的母亲当年一样。

和父母一样，和大多数人一样，我也常常处于杂乱与困顿中，在我最困顿的时候——这是感知恢复的最好时机——我习惯在自然中获得支持。在城市的周边寻找可以十几公里徒步的山野，既不属于来处，也不属于去处，只在当下的行走中，阳光、风雨、些许植物的照拂，就能在忙乱的生活中长长地喘一口气，获得精神的恢复。

在我离开雪山后，每年仍然拿出几个时段回到森林与牧场，在那里安静生活一阵子。人类侵入的地方已经太多，这里是我认为的，中国目前尚存的、少有的仍然具备并彰显着自然伟大力量的地方之一。这是相比城市郊野更为珍贵有力的能量。

我的手机里有密密麻麻的航程图，有的区域已是密而不分的色块，这是我部分的生活，虽然我所珍爱的人们都在这里，但我仍然要说，这可能只是我生命的一部分。手机图库里，是自然的那些片刻，绿色江水边桃花灼灼，报春花瑟瑟站立在冰雪融水中，白腹锦鸡悄悄踱步走出树林，我在草甸上睡觉，跷起二郎腿，突来的暴雨、瞬间的冰崩，季风正吹过暗针叶林，一朵白云在山头追问静寂……

我向自然寻求，它提供给我隐秘的支持，让我毫无惧意，以它的恒常和变化，以及其中蕴含的丝毫不被打乱的和谐，带给我深度的休憩。这不是从城市逃离而与城市相望的大自然，逃离是不彻底的胆怯，这是自然的自然，本来就在。

我深察自己，是否因外界制约而虚化了一个内心世界，并杜撰出巨大的热情，我鄙视虚假的热情。而一朵普通的雪花，融为掌心一滴普通的水，至少多次化解了我的疑惑——虽然我还未知晓我的核心，它也许在未来某个时刻。

自然于我，不是风光、景物，不是田园，不是旅行，不是艺术与情感的自然，也不是民族的、宗教的、哲学的、科学的自然，或者说，不仅仅是这些。有的时候，我会停留在这些片段中漫步，更多的时候，我必须像箭一样、像光一样穿越这些人类的“自然”，回到荒野，回到最初的那个自然，在开始时就存在，自身独立存在，并在一切事物中起作用的能量。在这样的行程中，我谁也不带，也不带我自己。而自然接纳我本身，无须动作，毫无声息，好像一束光回到光之中。

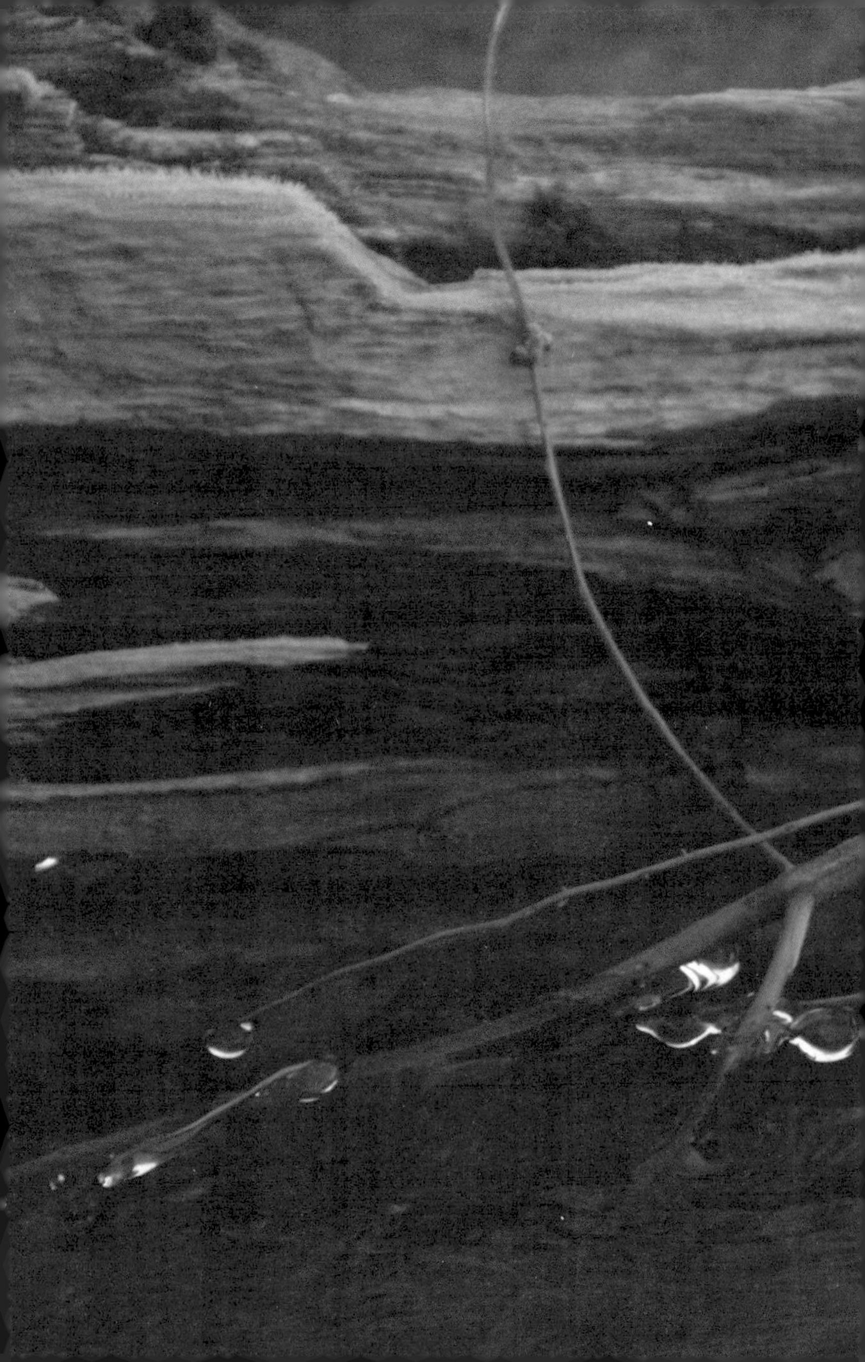

第二章

夏天的植物巡行

／初春的前序／

在前一年的冬天，我和北美的自然摄影师威廉博士（Dr.William）相约了第二年在白马雪山及附近山脉的旅行。他从那个冬天起就已经在微信里不断和我“喋喋不休”地讨论相机和镜头的问题，并且告诉我，他将在完成高黎贡山的鸟类拍摄之后的第二天，立刻从山里“幸福地飞奔”到我的面前。幸运的是，潘发生老师也愿意加入我们的行列，他是滇西北植物的权威，希望在年迈的时光尚未夺取他外出的权利之前，再来一次高山。两位老爷子，加起来超过 140 岁，这可能是我们生命中唯一的一次同行。

期待春天的念头一旦萌发就无法被按捺住。4 月开始，我已经不时梦到森林和草甸，所有新绿的树叶和早开的小花托着我的梦到处转悠，又请初春的溪水把它安静地送回。可惜我无法安静。5 月 3 日，我费力地踏着白雪上到碧罗雪山的南极洛区域，在 4300 米海拔以上尚未完全解冻的湖畔，深深积雪的林缘，看到栎叶杜鹃和黄杯杜鹃还是小小的花骨朵，它们的枝叶一半尚在雪中，没有开放的迹象。岩须仍旧是去年秋冬的黄棕色，密集的交互对生的叶子让小小的茎看起来像一根史前动物的十字状骨刺。

我在湖畔向阳的一小块雪融之地，找到也许是整个山林的第一朵雪山小报春，惺忪睁开的紫色花眼纤弱得不胜寒风，叶缘微微反转，伴以地面上几片枯萎的杜鹃叶，以及一枝去年干枯的花葶。而半路上瀑布的上方还布满冰凌，海拔 3800 米左右的地方，向阳的坡地上，树高 10 米左右的紫玉盘杜鹃和坡地上方的宽钟杜鹃已经开花。我带着天然的骄傲，没有办法接受低海拔山林里喧哗的小杜鹃，如果你和我一样，在高山上凝视过这样庄严深沉的花朵，必定同我一般看法。

从及膝深的雪地中走下来，在初春的冻雨中，我找了一块山间的小平地，以保温壶里的滚烫的咖啡和自热火锅完成了午餐。我把紫玉盘杜鹃安排在我视线的右侧上方，我的左侧是一列山崖，前方远一些的高处是几株冷杉，它们背后是云雾中忽隐忽现呈三角形的山峰及其余脉，这画面让我想起《冷山》。毋庸置疑，我喜欢这样野心勃勃的电影，于冰冷中讨论热忱和责任，如果爱与美可以最终覆盖世界，也将覆盖一切粗粝尖锐的生活。

澜沧江东岸的云岭山脉上，5 月 10 日，牧民已经开始上山找虫草。在白马雪山普金牧场入口处不远的林间，寂静而漫长的冬天之后，松与栎树混交林下深厚的腐殖土和落叶，带来比冷杉林缘草甸更高的温度。一株苣叶脆蒴报春已经开出了八朵小花，花瓣微微分裂，黄色的喉部如五角星的花环，塑料质地的深绿色叶子深深缺刻。零星的偏花报春和中甸报春也在小溪边从莲座状的基叶中开始抽出花葶。

这个时候，更高的草甸上，十字花科的丛菔，四片条状的萼片正有力支撑着流淌着红色血脉的粉白色花瓣，其中一些丛菔和雪山小报春利用了盘状雪灵芝看似枯萎的身躯，在它们的小温室旁开放。我沿着小溪上行，在海拔 4300 米的地方，看到绿绒蒿们刚刚生长出的毛茸茸的基叶，虽然我至今仍不能完全根据基叶判断不同品种，但是靠着这些年来对它们位置的了如指掌再一次认出它们。

隔天回到奔子栏的河谷，酸浆草和仙人掌花进入我的镜头。

这之后的一天，也就是 5 月 12 日，我在天宝雪山上一路疑惑，是白色的紫花雪山报春？白色吗？因为书上没有记载这个品种有白色花朵。后来被潘老师笑话，说我读死书。山顶的湖边，雪山小报春和某种紫堇，在它们着急开放的第一个夜晚又遇到一场不小的春雪，小小的植株大半个身躯被冰雪覆盖，我在镜头里细细观察它们，想起苏打绿的《融雪之前》:

某夜　你离开
某天　你走来
某刻　我明白
某种　我的爱

植物根部附近的温度要高于周围，使雪融更明显，哪怕只是一株柔美的小花的根。这温度的差异让雪地呈现出深深浅浅的色斑，证明春天开始的时候，不是从表面上开始，而是从土地下面开始。然而生长繁殖的计划总是在以为完备的权衡中遭遇自然的算计，这真让我们叹息。

威廉原来只知道白马雪山，他期待拍摄这附近的高山花卉。我花了很多工夫跟他解释这个区域的地形特征，同时告诉他，在他选择的白马雪山主峰附近区域，是暗针叶林和针阔混交林发育非常完整的地方。我们都知道，这种郁闭度很高的森林，林下植物种类是有限的。那么，难道没有花吗？他追问我。事实上，主峰附近的流石滩发育也很好，可是距离太远，有限的时间无法完成。

这趟旅行最后确定了几个地点：碧罗雪山的南极洛高山湖区，白马雪山普金牧场及流石滩，白马雪山曲宗贡森林草甸，梅里雪山斯浓村——从河谷到冰川。这样，我们将在怒山山脉和云岭山脉最重要的几个点观察，从 2000 米海拔的亚热带干暖性河谷灌丛到接近 5000 米海拔的高山流石滩疏生植被带，这差不多把中国由南到北的全部植被类型都走一遍！多么壮丽的行程！

5 月 28 日，西南草莓和草玉梅白色小花在普金牧场下方的林间已经很普遍，旁边小檗科的灌丛，刺红珠和川滇小檗都开出黄色的小花，后者又被当地人叫作三根针，小朋友用它的刺来玩扎人的游戏。高一点山谷里的桃儿七开了，陕甘瑞香开了，溪边的全缘叶绿绒蒿、驴蹄草、银莲花和紫色粉色的多色杜鹃，蝶形花科的鬼箭锦鸡儿，我见到好几种马先蒿，蔷薇科、报春花科就更多了。

Lady, I’m your knight in shining armor, let me hear your whisper softly in my ear.

我的心下不了山，无比兴奋，就在朋友圈发图，普通人类回复我都不搭理。我只给远方的威廉发消息——我已经听到开放的花朵，无与伦比。我知道，你肯定能理解我独自在山中行走的乐趣。

我又写邮件给潘老师：尊敬的潘老师，你不会相信我已经看到好多全缘叶绿绒蒿，今年的春天俨然来得更早，水分和气温都很适宜。似乎有两种“全缘叶绿绒蒿”，我看不出花朵的异样——除非我摘下来解剖，我相信即便这样做我也无法确认。但是，它们的叶脉有明显不同，希望能在现场得到您的指导。不过我很担心，担心花朵在我们去之前就全部开放。和往年不同，我今年特别希望它们慢一点，再慢一点……

／在高山草甸与流石滩上／

所有耽误的事情都解决完，待装备完成，微雨中我们站在牧场入口开满鲜花的山谷，已经是6月24日上午十点。溪流从远处浓雾之后的山地流下，肆意分叉，围绕在一片报春花海中，这片报春以玫红的偏花报春和及膝高金黄的中甸报春为主，也能找到穗花报春深紫的花朵。从这个山谷往上，是白马雪山国家级自然保护区实验区中的一个传统高山牧场，位于德钦县城东北面、214国道北侧的山地。这里是高山灌丛草甸和流石滩疏生植被带发育得相当完整的区域。

低矮的冷杉、白桦、松，以及山杨的小树林绵延不久就会被灌丛代替，蔷薇科植物的白色花朵在水洗后绿意荡漾的林间格外醒目。我在紫花碎米荠边的岩石后面，发现一株品相很好的直距耧斗菜，赶紧叫威廉，他正举起双臂质问天空：Oh! My God! 他在“幸福地飞奔”到我这里之前，已经在高黎贡山连续忍受了十多个雨天，每一天的每时每刻都在下雨！美国人夸张的身体语言被他用到极致。可是无人可以抗拒一朵紫色的、戴着五角小博士帽、有着深邃花筒的花朵，只能单腿甚至双腿跪在泥水中表达臣服。等他站起来，我告诉他，接下来的十天，我们仍然要在泥水中。

这里，我觉得有必要先讲一讲滇西北的气候，除了植物，我甚至认为这个区域的人文历史都是由于它特别的地理位置和气候造成的。横断山脉南端的这一系列南北走向的山脉，中间夹杂三条河流，河流是高原之水流向印度洋的通道（当然金沙江中途转向），而南方海洋馈赠回大陆的水汽，也沿着这几条河谷自南向北。大自然精妙的布局和完美的配合，使这个区域的降水集中在夏日西南季风盛行的时候，也就是6月中到9月中，这是明显的雨季，集中了全年80%以上的降水。

季风带着雨水于5月中旬推进到高黎贡山南端，再向北向东到达碧罗雪山、梅里雪山和白马雪山——当然这就是威廉恰好选择的一段行程——我跟他说，是他带来了雨，在古代中国他就是雨神，雨水带来花朵，所以他也是我今年的花神。这里冬日干冷缺乏水分，大雪也往往要等待季风启动的时候，春季的雪有时会延续到4月底5月初。

有一些花朵对温度更敏感，它们在初春启动了一轮生命。大多数高山草甸和流石滩的花卉则要等到雨季的来临。连绵的雨对人类而言——尤其是游客——可能有些麻烦。但植物，那些花以及禾草类，就会像集体中了魔法一样，疯狂而纵情地生长。这意味着，你若想看到高山花卉，尤其是流石滩上的花朵，必须同时接受风雨。

防水防滑的高帮登山鞋、雨衣（再差也比冲锋衣好）、透气快干的内衣裤，是我们在雨季观察植物的必备。当然，还有相机的防雨罩。

我们走过不久前开满桃儿七的山谷，在众多已经开始结果的植株中，为远道而来的威廉找到一朵尚未凋谢的粉色花朵，它娇羞地躲在巴掌大的叶下，像一个低眉顺眼的新娘。而不远处崖壁上最后的拟耧斗菜——金敦·沃德记录它“发着微光的花朵就像薄而易碎的瓷杯”——也只看到零星的几朵。小溪所在的山谷下方，当潘老师发现在贴近溪流的地方生长着菠萝花和多小叶鸡肉参时，我们走在半山腰，这中间是碎石和零星的灌丛，威廉和我立刻飞快冲了下去，好像这不是陡坡，只是在平路的百米赛。

到达第一个也是最低的牛棚（海拔 4170 米）之后，我们的午餐是咖啡、酥油茶、粑粑以及风干牛肉。牛棚在溪流边矮杜鹃林间的一个小草甸上，驴蹄草和报春花铺满草地，全缘叶绿绒蒿就在灌丛下，以它碗口大的黄色花朵微微向我们颔首。那里同时生长着纤细的卷叶贝母，有些已经凋谢，有些还开着暗红色低垂的花。我在边上还发现一大簇毛茸茸、萌哒哒的蓝色的鼠尾草。这里是雾浓顶村阿茸家的牛棚，石墙围筑，传统的木片屋顶被要求统一换成丑陋的蓝色彩钢瓦，虽然更加防雨，但吵得要死。

阿茸每年6月初到9月底在这里度过，放牧，做酥油和奶渣。这十来年，几乎每年的雨季我都会上来，在这里住上好些天，阿茸是雾浓顶村的村民，是我在高地的良师益友。有次我带着本地烧烤的铁丝网来，用新鲜酥油烤面包，他则用新鲜酥油煎刚刚挖出的贝母，治疗我的久咳。阻挡牛棚北面的是一道东西向的山脊，直立屏障一般。有天下午我在草甸上睡觉，忽然醒来，不明就里一心就想上山，嗖嗖就爬到这山脊顶上。果然，在悬崖上遇见了我生命中第一朵尖被百合。另一个果然是，我下来非常费力，花费了三倍的时间。阿茸后来说他以为我中邪了，我说差不多，我中魔法了。心中得意。既见君子，云胡不喜。

潘老师教我分辨了全缘叶绿绒蒿和横断山绿绒蒿，秘密就在于前者的叶子有三条向上的主脉，而后者则是一条上升主脉，其余为网状叶脉。对植物的观察总离不开基本的根、茎、叶、花、果实、种子六大器官，花卉的辨识更增加了花序，花瓣、花托、花萼、雄蕊、雌蕊和子房更多的器官和特征，往往让我泄气，往往也给我信心，之后再泄气。威廉醉心于他眼中所见的所有花朵，并不像某一些只来寻找“名花”的人，花葶驴蹄草心形的小叶片也能吸引他，我佩服他在连续半个月的野外工作后，在这个海拔还能爬上爬下，虽然我有些担心。

我们沿着山路，继续从 4200 米往上，边走边拍摄，目标是在 4500 米处的一个高山湖，今夜将在湖边宿营。在一段相互可以照应的区域，每个人都“独自”行动，除非遇到问题，我们更习惯沉浸在自己和植物的沟通里。

一个月前开满了紫色花朵的多色杜鹃灌丛上方，现在盛开的是金黄杜鹃和樱草杜鹃，而小小的岩须，这种同属杜鹃花科的植物，总高才六七厘米，乳白色的铃铛花在五瓣紫红的花萼下羞涩低垂着，密匝匝的一片，默不作声，它们通常躲在极高海拔的岩石和灌丛下。草甸和流石滩的交接区域密布着宽瓣红景天和长鞭红景天，它们在近些年提升着中国游客到高原旅行时的血液含氧量和某些人的钱包厚度。而高高的滇黄芩在微风中向我们点头，它也是治疗某种顽疾的针对性药物，我不能透露它们大片生长的位置，这是我和它们的秘密。

我们继续在报春花科的植物中前进，随着海拔的变化出现了点地梅属。高原点地梅的花冠有的一片白色，有的一片粉红，我喜欢它的另一个名字：糌粑点地梅。它指甲盖一样大小的莲座状基叶，内里有缠绕的极细的茸毛用来保暖，叶子交互的形状更像是一朵朵绿色的小小玫瑰。而说到莲花一样的基叶，我更喜欢景天点地梅，它的莲座基叶正好是双手可以捧在手心的大小，从中抽出独立的一根花葶，圆蓬蓬的伞形花序，开满艳丽的朱红色花朵，像是要把自己奉献给谁。

天气时阴时晴时雨，这非常好，可以看到对光线极度敏感的龙胆开开合合——几乎所有头朝上的龙胆属花朵都如此——用微距摄影可以拍摄这个奇妙的过程，甚至镜头的遮挡，也会使得它迅速关闭，我来来回回，玩得很开心——如果你不去考虑它可能已经生气的情况：这可是在浪费它的能量啊。

植物到底有没有眼睛？视觉最基本的职能是看的感

觉或者能力，对光线的感知和识别，如果从这个角度来说，植物虽然没有像动物“眼睛”一样的器官，但是同样具备视觉。几乎所有植物的地上部分，都需要发展出感受光、利用光、分辨光的强度和质量的能力，想想这也是必须的，因为它们需要光合作用来制造能量，而植物的根部具有相反的“负趋光性”，它们往往喜欢黑暗。

高山花卉对于阳光都非常敏感，不仅是龙胆，就连路边普通的高原蒲公英，也不会在太阳初升的时刻就打开花盘，它们要等到阳光的强度和质量更好的十点左右才会开放。森林里的古老大树，下段和背阴的叶片都更大，顶端和向阳的叶片都更小，这是它们在感知不同光线之后，在吸取阳光和蒸发水分之间平衡的结果。

走过溪流和草甸，朝向西北，溪水在沙石河床上时而分成几支，那里零星分布着白色和火红的虎耳草，时而绕过草甸间高出的草垛——其中一些是盘状雪灵芝连接成的突起的垫状草甸。此时它们正在以青绿代替枯黄来庆祝雨季。

散落在草甸和山坡上的牛棚的狗儿，前前后后叫起来，牧民从牛棚里探出头来，我和他们逐一打招呼，“戛通嗦（来喝茶呀）——”，他们邀请我喝酥油茶，在这样高远的地方，见到一个人不是太容易，“戛嘛通（不喝了啊）——”，“不了不了，我们要上去！”“哦亚哦亚（好的好的）——”，他们点头，平举双手至胸前，祝福我们。

黑色牦牛在草甸上，在溪流边，远一点的到达半山的草地，山脊在雨雾中时隐时现，阳光像追光灯，一会儿打在草甸上，一会儿打在蜿蜒的溪流中，当它忽然打在透出云雾的锯齿状山峰上时，灰白色的岩石瞬即像刀脊一样反射光芒。微风轻轻翻阅我的笔记本，而我累了，倒在花海中。无可救药地想起惠特曼，以及他的灵魂，他正和我一起闲步，俯身观察夏日的草叶。

这一日戏剧的结尾并不是来自植物。在靠近高山湖泊的草甸上方传来摩托声剧烈的轰响，几辆越野摩托在草甸和流石滩上来回冲刺，被惊吓的牦牛向四方逃窜，我们也被这声音吓到。但作案者俨然不顾眼前奔跑的牛，以及听到声响追赶上来的牧人，继续让车轮疯狂碾过开着点地梅的流石滩，压倒委陵菜的草甸——这是牛的牧草！愚蠢的人！疯狂的人！这是绝对不能容忍的！所以当我观察他们的线路，冲过去找到一处必须经过的狭窄转弯，伸出双臂拦下他们的车队时，没有任何好脸色，做好了打架的准备——或者被打。

愚蠢的作案者居然是本地藏人，他们组织了时髦的越野摩托车队，叫嚣着，这是我们的山你管不着！——你们的山？我怕你们？我在这山里混的时候，你还在完小门口流着鼻涕吃棒冰呢！——当然先讲简单道理：

1. 越野摩托我也喜欢，我们在这里骑过摩托，也飞过滑翔翼。所以我知道这里本来的小路已足以练习，不必践踏草甸和上方的流石滩，那里有你们不了解的很宝贵的植物；

2. 这些虽然时髦，但是，最牛的是这里的自然环境，以及不伤害自然的生产生活，在整个世界都算得上是真正珍贵的遗产。

他们眼神喷火，因为这是“我们藏族的，德钦的，你管不着”。其中只有一个瘦瘦的年轻人在听我说话，我盯着他仔细给他解释并赞美他，他听懂了，并阻拦了马上就要开始的殴斗——当然也是因为我们所有的人都跑过来，包括协助我们工作的几位当地藏族朋友。最后，我们大方地相互道歉并握手作别。我说的是人类与自然，而我知道他们的点主要是不同“民族的人”之间相互的关系。

雨下得大了，流石滩上的浅灰色的片石反射着白光。我走在最后，假装拍摄无毛寒原荠的小白花，它们此刻和我一样，在无边无际的世界中淋着冷雨。今天之前，它们至少已经经历了上万个冬夏，未来也许还有同样多的时日。我的手上，有好多本不同出版物，以西方植物分类学为基础介绍三江并流区域的植物。但是，没有任何一本是用当地人的语言和思维、编给当地孩子看的、记录他们祖先对植物的见解的，尽管这个族群在这里生活已经上千年。年轻人有时误以为这里蛮荒偏远，努力想要进入“文明”世界。这其实也只是个技术问题，我不认为需要特别探讨。而我也总是怀疑，我主动性这么强，是不是真正能提供一些有用的东西。

我们找了当地牧民留宿的一小块平地，就着他们搭好的石灶升了一小堆火，在火边搭帐篷。晚餐是德钦本地的面片儿，藏族小伙仁钦主厨。毫无疑问，这是世界上最好吃的面片儿，由火腿、土豆、青菜、西红柿熬成的汤底加上筋道的面片，我一生都不会忘记。我们为此由衷感谢协助我们的藏族伙伴，并很快忘记了刚才的“突发事件”。事实上，这样的冲突无法归咎于任何具体的个人。

我自告奋勇去湖边打水，没想到提一桶水回到 100 米高处的营地如此困难，我能听到自己呼哧呼哧快断掉的喘息声。每走十步就要歇一下，高处的那一小堆火就是我的目标，它在这暗夜里那么渺小，但我深深感激寂静和孤独重新回到我身边。我身后，湖面深沉，如天空一般。

威廉有些高反，早早钻进帐篷，我安慰他并保证明天我一定送给他一个艳阳天。我和潘老师核对完当日所拍摄的植物名录之后，关掉头灯，坐在篝火边。

夜里的气温只有三四摄氏度，我得离火近一些。这是一个东南——西北走向的谷地——白马雪山一系列褶皱之一。西面，是我们明天将登上的锯齿形山峰，从那里，可以清晰地看到西面的卡瓦格博山，也是游客说的梅里雪山；东南面，我此刻望出去，V字型的山谷尽头，还能隐约见到白马雪山的主峰。天气好的时候，正好可见林线蜿蜒，最后的冷杉军团在自然的胁迫下齐齐急停。而此刻，这两座雄伟的山都和我一样，在阴沉的黑暗天空之下。没有一颗星。

篝火熄灭前，我忍不住翻看了相机里的美丽绿绒蒿。今日，我们一共找到并拍摄了七种绿绒蒿，这的确是一个令人开心的数字，全世界的绿绒蒿一共才四十多种，大多数集中在亚洲中部的喜马拉雅——横断山区。

“这种植物似乎在整个夏季都在一枝接一枝默默无闻地将花朵打开，由于茎空根浅，它就像一株被扔在水里的日本空茎花……”，1913年8月，金敦·沃德在德钦东面山脊的湖边，第一次找到美丽绿绒蒿，这是他在书中的记录。这样的纪念事件对于我，发生在2011年的 8 月，百年之后，我跟着他的书，沿着他的线路，在同样的湖边找到它。

“这些将金色集中于中心的天蓝色大花朵，将是我所见过的最美丽的花卉。”虽然我并不是为这“名花”而来，但每次见到它仍然忍不住同样地赞叹。何况，今天这天蓝的巨大花朵还站立在雨中，一脸雨水，一脸倔强与沉默。这一百年来，植物猎人们最珍爱的花朵，这无法改良和栽培的天然完美之物，易碎而慷慨，再次把它自己呈现在我们眼前。

I believe I am

Born as the bright summer flowers

Do not withered undefeated fiery demon rule

Heart rate and breathing to bear the load of the cumbersome

Bored

——Tagore: Stray Birds

我听见回声，不是来自山谷，仅仅来自心间。

这是美妙的一天。

半夜的雨让我没有睡好，雨滴落在帐篷上的声音和落在草地上不同，前者被干巴巴地拒绝，后者被接纳，这使它不太有回声，“润物细无声”是用来形容细雨浸润大地的情景，双方都温和欣喜。我们在城市里已经很难感受。

凌晨，云舒卷而去，晴。

这是我许给威廉的大好时光——后来我们发现这实际上是行程中唯一的一个晴天——但是他无缘享受，他被失眠折磨了整晚，哀伤地低垂着头，我安慰他，任凭谁也不能保证在十几天野外工作后，还能在4500米的海拔保持良好睡眠，“我也不行，而我比你年轻三十岁。”我保证会替他看望山脊那边的雪莲，并带回它们的问候，请他先下到3500米的海拔休息等候。他不同意，向我保证他不爬山，就在原地附近转悠。

我理解他此时的痛楚，恨不得可以和他交换——我长年在此，而他也许今生只来一次——世界上任何一个自然摄影师，任何一个对植物真正深具感情的人，恐怕都希望到青藏高原东南麓以及横断山区来工作。二百年来，人们认为这是世界的花园，最后的物种保留地，而我们的行程涉及的区域，是其中的精华。

走过一小片委陵菜、虎耳草、盘状雪灵芝的草甸后——盘状雪灵芝此时正从“石头垛子”变成绿色的垫状植物，开满碎碎的白色五瓣小花。如果你愿意了解，就会知道这种植物多么聪明。它们自己建立温室来生存繁衍——窄小的高山草甸植被带即将过去，流石滩的地形越来越陡峭，为数不多的滇西绿绒蒿、长叶绿绒蒿、总状绿绒蒿以紫色和蓝色的大花陪伴我们，褐色与浅灰色的石块凌乱堆砌，堪比一个巨大的爆炸现场——事实上，这就是高寒地段强烈的紫外线和极大的昼夜温差产生的寒冻劈碎、热胀冷缩的风化作用，导致了大块的岩石不断崩裂——令人生畏的乱石从45度以上的坡度一直延伸到峰顶，每走一步都伴随深重的喘息和脚下碎石滑落的声音，被勒紧的喉咙辣辣的感受并不舒服，稍后的回撤将同样困难。

我回头看潘老师，他仍然在缓慢地向上移动，不时趴下拍照，再慢慢起身。所有读到高山植物画册，尤其是流石滩植物的读者，都应该感谢摄影师或植物学家带你们看到的美丽新世界——这里贴近雪线，是植物生长的最高海拔，由砾石组成的地表尖锐锋利，除了高山反应、屏住呼吸之外，每一次趴下都必须接受地表尖石的反击。我敢说每一个摄影师在连续几天的工作后，身上都是青红肿块。但显然没有什么可以超越他们心中巨大的热情，这热情是生长在这里的植物所赋予的，它们的生命力超越这个普遍衰弱的年代。

亲爱的藏族小伙伴在前面的三点钟方向叫我，大约是发现了梭砂贝母，而另一个在十点钟方向召唤我，并用大的石块搭起一个石堆，用来标记某一种植物的位置。我们在场的五个人平均相距200米左右，强烈的风中无法听清对方的喊话，完全一样的砾石滩稍不注意就会走偏，很难找到那一株别人刚见过的植物，用石堆来标注是他们想出来的可爱又有效的办法，当然也可能让我往复行走之后发现并无新意。很高兴的是，我们相互学习，藏族伙伴开始拍花，开始了解这个“宝藏之地”，我也更多地了解当地人对这些植物的命名和使用。

我斜插向上，到达“三点钟方向”，他已经走远。石堆边上一株已经枯萎的梭砂贝母，比我刚才自己找到的那株要狼狈很多。我的那株四片叶子，黄色低垂的花，表明它生长三年以上，正当年华。这种花一般第一年长出一片叶子，第二年长出第二片叶子，第三年差不多可以长出三四片叶子，有了这些叶子才会开花——而砾石和泥土底下，长长的根系在最下端，长出一颗白色鳞茎，就是人们找寻的贝母。昨天的摩托少年并不知道，他们随便溜达一圈，可能毁掉一株植物上千个日夜的梦想。十来年前，我在流石滩上几乎常见的梭砂贝母，今日需要以石堆标明才可见，而这指甲大小的鳞茎，需要跪在流石滩上用手刨出，市场收购价大约500元一斤。

我的眼力一到野外就锐利无比，比鹰还敏锐。十五米远的地方，有一丁点蓝紫色，是三叶紫堇，在不开花的时候很难发现。它三出的叶子是石头一样的灰褐色，此刻它正相当自信地以极其鲜艳的花，吸引昆虫帮助它传粉——很多学者都说，像三叶紫堇、绢毛苣这些植物的“隐身术”，是为了避免自己被鼠兔等天敌刨根吃掉。

但动物和昆虫的视觉不同，有的超乎人类，有的就是色盲，还有气味呢？还有其他信息？所以它的伪装可能只是人类“很难发现它”——另外在这个海拔几乎不需要防备人类，当然近年来药用植物除外——也许是因为强紫外线才是这里的最大杀手？

“伪装”的说法很容易引起人类的赞美和某种程度的保护欲，但事情显然还有待证实。我已经贴近山脊线，潘老师已经放弃“登顶”回转。强风中，女娄菜一大串绿紫色渐变纹路的小灯笼花在跳舞，作为撞色高手，它还有深紫红的荷叶裙边。我趴下去拍它，顺带发现背阴的岩石缝下，绣毛金腰的黄色花非常耀眼——它完全没有花瓣，仅仅是苞叶和萼片。继续最后的爬升，山脊的东西两侧有各个年龄段的水母雪兔子，有的带着边缘微红的叶子刚长出来，有的已经密布白色茸毛，像一件羽绒服，抵挡强紫外线和急剧变化的昼夜温差，最“年长”的一些已过花期。这种流石滩的菊科植物也叫水母雪莲花，在绵头雪莲花过度采摘、数量急剧下降后，代替它以 10 元～30 元一朵交易。今年，我们还没有见到一株绵头雪莲。

我在山脊东面一块凸起的岩石上坐了一会儿，这是我的“保留地”，眼界辽阔，望向山脊、流石滩、高山湖、更低处的草甸，直到远处白马雪山主峰，有时深蓝舒畅，有时灰黑低沉。大部分的地面区域如荒漠，使人们认为这里几乎没有生命。无法看见总让我们不能轻易想象。从我昨晚宿营的湖边——即使什么都不做——我也得艰难跋涉三个小时以上才能到达山巅。

高度总能带给我们超越之前眼界的远方，落实或否定我们的向往。即便在下山之后，一部分的心意和信念也会留在这里扎根——当人们在草甸上随手拔起一株卷叶贝母取得它们的鳞茎时，可以看到地下主根长度是地上植株高度的一倍以上，还不算损失的根系部分——这些扎根的部分就像一种承诺，直达生命另一个未知的部分。

山脊西侧是平行的一带狭长山谷，之后又是锯齿形的山脊，黑云正从西边急来，遮挡了卡瓦格博山一系列的山峰，明永冰川下泻的冰舌因为局域光偶尔亮起，一朵幼嫩的水母雪莲目睹了这一幕。

／在高山冰碛湖湖畔／

6 月 27 日，我们前往南极洛，这是碧罗雪山的一个高山冰碛湖群，坐落在山顶的岩石壁和暗针叶林的怀抱中。我们将从海拔 2000 米的江边沿着山谷直上 2500 米。

融雪汇成河流，轻快地下到澜沧江，河谷的热风就在太阳的指挥下迅速地上到山巅，一刹那间，春天就来了。下一个刹那，它已快走远。

我们从开着橙色仙人掌花的江边启程，山谷口，流苏木与矮探春的花都已落尽，水渠沿线众多的头状四照花仅剩一两株还保留有它巨大的白色苞片。当天第一滴雨落下，打在一枝去年的黄牡丹的凋存叶和果壳上，它安静低垂的样子让我瞬间感觉到，除了年轻时鲜艳招摇的花，时光流逝也赋予它谦卑的灵魂。

从这里开始再往上，是完整的亚热带到寒温带植被带，看惯了高山针叶林纯林的严肃后，低海拔林区鹅黄翠绿猩红，在色彩上显然更讨人喜欢，尤其是初春和深秋。此时，西康花楸聚伞形花序上白色的数朵小花已经枯萎，它们开始孕育果实，这种常见的灌木，要注意它们的奇数羽状复叶，以便在小游戏中以“他爱我”开始才能以同样答案结束，相同的技巧可以用在所有羽状复叶的叶子上，只要你擅长瞬间决定性的观察。

我站在一株丽江槭的面前走不动路，在心里各种赞美它。我错过了它在春天里黄绿色的小花，此时，它的枝叶被雨水洗得清亮，翅果正在生长，待它成熟到紫红，轻盈地上下翻飞，蝴蝶也将和着它的节奏一起舞蹈，虽然它们色彩更丰富，却必然会在优雅的评分中败下阵来。

雨太大了，从山顶一路奔流的溪流显得很兴奋，翻腾着白浪，在石头间溅起巨大的飞沫，轰隆隆地冲下去。我们在半山一棵云南铁杉树下的木棚里躲雨，还好有咖啡、酥油茶和三明治。威廉讲了好些他与世界各地部族交往的可爱的故事，他是个帅帅的七十多岁的“宝藏男孩”。最后，他讲了一个关于黑奴被奴役屠杀的故事，因为太擅长表演，以至于在情节冲突的高潮部分，我感到一种巨大的悲伤穿越太平洋，扑倒了我眼前这片巨大的森林，向我轰然袭来，立时心痛无比，无法止住眼泪。

我悄悄躲到木棚外面去淋雨，以便雨声和溪流的声音可以掩护我。林间好几棵十多米高的红豆杉，它带领森林迅速恢复了平静。这些庄严的树木下，纤维鳞毛蕨一大蓬一大蓬肆意打开，雨水透过层层树冠，以更加缓慢的速度滴落到它的叶子上，叶子的背面，淡绿色的孢子囊排列整齐，正在生长。这些古老的植物历经人类之前的世代更迭，应该不会注意到我小小的年轻的灵魂，但我分明在一种更大的关爱中逐渐感受到安宁。

我在一根枯木上坐着，把我脚边的展毛银莲花看个够。它的六瓣苞片从中心的一抹紫色向外放射状过渡到白色，比纯粹的蓝色或白色花精致得多，一只我不认识的小虫子被困在花瓣的雨滴中——其实小虫子我都不认识——我救下它，看来它也不是花的王子。一会儿，潘老师来找我，拉我去看溪边一株巨大的云南铁杉，分析它的材质和用途，并教我认识了白蜡树和酸枣猕猴桃，他的眼睛就是 X 光机，相比之下我快成瞎子了。

又要出发了，威廉过来跟我用力拥抱，悄悄地保证以后再也不讲“恐怖故事”。这下轮到我不好意思了。

从油麦吊云杉、铁杉的森林，上到云南黄果冷杉林，路边是岩陀红色的花朵，它另有一个很武侠的名字叫“七叶鬼灯檠”。我总是第一时间记下这些特别的植物名字，比如“七叶一枝花”“鬼箭锦鸡儿”“雪山一枝蒿”“狭叶鬼吹箫”等等。路边也有好多直挺挺的贡山蓟，它们布满茸毛的枝叶和花苞显示了这里夜间的低温——我必须承认不太喜欢它们蠢笨的样子——海拔已经超过 3400 米，我们很快要进入冷杉林。大瀑布的水量充足，声响轰鸣，它上方的紫玉盘杜鹃已经凋谢。当然，我在更高海拔的区域还可能遇见它。

对面的“冷山”——我上次来命名的山峰——在雨雾中竟然未见一点踪迹。

雨一直下，一直下。我不看威廉严肃的脸。

空气被洗得极度干净，树叶闪亮，我可以把湖面连绵不断的涟漪当作杜鹃花的背景，觉得可以在这里千万年地坐下去。这场连续好几小时的大雨，让几乎所有的花朵都显得非常狼狈。可是它还在持续地下，我跟我的藏族小伙伴说，咱们得祈祷一下，拜托拜托，黄昏生火做饭的时候，雨一定要停哦。

冷杉林边缘还有一些开放的宽钟杜鹃，蔷薇色的一大簇花球，在雨中仍然不失热烈，像森林送出的新娘手里的花束。湖畔的白色与粉色的栎叶杜鹃略小型，刚好适合给伴娘使用。后者很好辨识，叶子的背面就像黄背栎树一样是明显的黄褐色，手触的感觉平滑柔顺像小羊羔的皮毛。岩须太多了，它们占据了林缘草地和岩石缝。

靠近水边的地方，是一大片荚果蕨，当地又叫作“黄瓜香”，日本国进口用来做天妇罗，本地的吃法则用来炒火腿——两者都是我所爱。在荚果蕨的小小丛林里，银莲花和紫花百合被雨水淋得垂头丧气。两朵巨大的横断山绿绒蒿，淡黄色的花瓣像江南质地最薄的绢，它们相互依偎，仿佛昆曲中春尽时最深的叹息。而我向来不太喜欢洋红色的小杜鹃，现在看着杜鹃灌丛也颇为可怜。相比起来，血红杜鹃倒不失刚烈，十根成熟的雄蕊带着紫黑色花药，像卫士一般簇拥着淡黄的花柱。

雨一直下，虽然有雨衣，鞋子足够防水，但是膝盖以下的裤子湿答答的能拧出水来，还好一直走动不太感觉冷。我和潘老师相距不远，主要在第二湖泊南岸区域。威廉似乎以水上漂的功夫“穿过湖面”去了对岸的冷杉林，那边明显有不少黄杯杜鹃。

山色空濛，烟云过眼，湖畔暗针叶林之上是灰白色的岩石群，高处仍然覆盖寒冰，积雪像流水一样蜿蜒在背阴处的森林。看不见的地方，松萝的细丝在树枝间流淌。风景的变化越来越有中国道家清净自在的气韵。

我抬头试着追随每一个雨滴、某一个雨滴，想看清它们的来处和去向。

小伙伴们聚在一旁商量露营的地点，林缘草甸都不行，这些地方在雨水的冲刷下都已经成为水网水洼，最后他们选了湖中一块篮球场大小的巨大岩石。一会儿，派去打探情况的人回来说，岩石上开满了黄色的小杜鹃——啊，那就是金黄杜鹃——不过杜鹃丛中间有不少空地，足够我们扎帐篷，并且正好有一块大的地方，有生火做饭的痕迹——哈哈，亲爱的，你告诉我，我们的生活为什么如此完美呢！

上去湖中巨石的“桥”由木板搭就，只有六七米长，但是因为只有一脚宽，而且湖水上涨淹没了桥面，如果这也算桥的话，我觉得我可能会掉下去。所以在经过的时候，把注意力放在湖面一侧的雨水涟漪上，而“桥”确实好像从我的视野中消失了。哦，过了，真好。令人欣喜的，还有藏族小伙伴居然带了一整袋的干柴，并且准备了牛肉火锅，我觉得我会爱上他们每一个人。

雨水在生火做饭的时候逐渐小了。它停了。每个人都显得很开心，我偷瞄一下威廉，他英俊面容的棱角缓和了好多。我们在火边摆上了牛肉火锅、小麦粑粑、分别装着咖啡和酥油茶的保温壶，甚至还有可乐和啤酒，大家围坐在四周。每一个藏族人都有欢乐的天分，他们聚在一起可以把任何简餐变成热烈的宴席。我和他们在雪线上露营，在江边的干热谷地露营，在山间和森林露营，夜间人们总是点燃篝火，分享食物，唱起古老热烈的歌谣，在欢笑中斟满酒杯——“琼”是一种类似啤酒的低度酒，而青稞酒往往都在30度以上——只有流淌着游牧民族血脉的人才能如此自在，他们虽然在协助我们，但他们才是这里的王。

可是我们来不及喝酒谈天，大自然突如其来送给我们的黄昏如此令人惊叹，天际线和湖泊的弧线连接，最高的山峰携着一众白头的山峦，冰川与森林忽然出现在对岸，并且在湖水中显现它们清晰的镜像，结构完美，平静安详。我们每个人都被这样伟大的宁静击中，变得沉默而高雅。威廉和潘老师各自去往湖的一边，我没有在意，我独自走向湖边，留在主峰倒影的前面，留在这首短歌的中央，倾听。

没有什么比寂寞更能证实存在的了。

一切峰顶的上空

静寂，

一切的树梢中
你几乎觉察不到
一些声气；
鸟儿们静默在林里。
且等候，你也快要
去休息。

——歌德：《浪游者的夜歌》

我想起《浪游者的夜歌》，默念我喜欢的冯至的版本。

他最后一句的翻译淡然而关怀，没有在心中大动干戈，暗示死亡的思索这种人类觉得严肃实则普通的话题。

人类内心任何不必要的动荡和感怀，最好都不要通过文字穿越回 1780 年 9 月 6 日那个夜晚，打扰那一晚静谧的森林——我认为歌德自己也不可以。

我也将记得此时黄昏，并在将来的某些日子里，平静地回望。

天黑下来，月光努力了一下，没有走出云层，山中的一切对此并没所谓，我也是。我总是开心着。又开始下起蒙蒙细雨，我在金黄杜鹃环绕的帐篷里安然睡去。夜雨不停，黎明方休。

早晨清新而明媚，我打开帐篷，一伸脚差点踢到一大丛金黄的花朵，这让我很开心。

早饭时，潘老师一边喝酥油茶，一边纠正了我的判断，昨天我可怜的洋红色的花，并非常见的多色杜鹃，而是这条山脉才有的平卧怒江杜鹃。这是一个很有意思的事情，云岭山脉和怒山山脉仅仅相隔一条澜沧江，江水就成为了植物的"天堑"。虽然气候和生长环境相似，但有的物种只在怒山山脉才有，比如平卧怒江杜鹃、血红杜鹃、弯柱杜鹃；有的则相反，只生活在云岭山脉。基本上，植物自己只能沿着山脉迁徙。关于山脉的表述其实有点不符合我的习惯，云岭山脉，我喜欢说的是湄公河——金沙江分水岭，而怒山山脉我更习惯是湄公河——怒江分水岭，因为在水平角度豁然开朗，山和水要在一起，在地球表面铺陈开来，相互作用，哪怕是在语言文字中。

水是比山脉更加变幻莫测的事物，连接了更大的世界，是隐形的主角。

我绕到湖的北面，这里果然有不少黄杯杜鹃。每年的这个时间，它一定会大面积出现在白马雪山垭口至珠巴洛河的路途中，这种杜鹃在澜沧江两岸的山脉都能发现，它们往往和冷杉林伴生。岩须处处可见，我只拍摄了其中一簇，它以秀丽的十六朵小花，镶嵌在一块巨大岩石的石缝中，成功地引起了我的注意。

我们回到湖的南岸集合，慢慢往更高的一个湖泊前进，灌丛下一群弯柱杜鹃，长而直立的花梗带着稀疏的鳞片，花萼、花冠以及雄蕊都是深紫红，质地仿佛软骨组织，略略透明，让我老是觉得它定是史前某种神秘的动物，在第四纪冰期幻化成如此这般，有一天会忽然变回去。鹿药斜伸茎上的红花指向地面上方一团突起的粉紫色硬枝点地梅，紫花百合带着大颗的雨滴倚靠着岩石叹息，岩须们相互依偎，而云南洼瓣花被风雨搅得凌乱，一副在爱情中失意的模样。

时雨时阴。在前往最高湖泊的路上，好多拟耧斗菜在石壁上招摇，弥补了我们之前在普金牧场的遗憾，它集合在一起的众多的紫色花瓣在阴雨天安静的光线下有了粉彩画的淡淡光晕。我们的小伙伴中，有一位来自九寨沟的藏族小伙泽军，他显然受到这光晕的迷惑——他在家乡似乎没有见过，确实拟耧斗菜属植物全世界只有三种，我也不知道九寨沟附近有没有——他在这附近转悠了两小时，以至于我们遍寻不得，一度以为丢失了他。在最后会合之后，看到他的相机里都是这紫色的各种角度的花朵，而他的眼神还挂在岩壁上迷离着，这才明白过来。

红花岩梅和白花岩梅相距不远，皱叶报春在它们稍远的枯木后面，我之前一直忽略了它，以为是锡金报春，直到潘老师指点我注意它黄白相间的花瓣和列缺。长柱独花报春开着紫红的花，我原来没有见过，下次再见定会是熟识。

我在最高的湖畔，深深地呼吸这清冷的沁人的空气，回想起两年前我带着三岁的儿子在翻越碧罗雪山之后，同样在这最高的湖畔休息。我在半山拍花，回头看见他独自在湖边坐着，出神地看着深蓝的湖水和山峰积雪的倒影，他那一刻在想什么，我始终不知。

此刻他不在，湖边的浅水处，是单花荠和花葶驴蹄草在垂影自怜，往上走就到了草甸上，滇西绿绒蒿还零星开着花，更多的是紫色花的高河菜以及红花的长梗蓼。

我多次来到这里，对细述这里每一寸土地的风景丝毫不觉得厌烦——如果我的眼睛可以看到更多，它时而锐利时而委顿，全凭我对事物的了解程度，而我也越来越能够在熟悉的画面中辨识细微的变化与不同——不管怎样，能站在这史诗一样壮丽的画卷中，是多么幸运，而这画卷景色不断运化，清新的，苍老的，不曾重复。

我绕过一块巨石，背阴处大片白色的雪地边上，细雨中，潘老师正与威廉轻轻交谈，他们面前，是一大丛极美的白色花的栎叶杜鹃。一旁是同样美好的粉色花卷叶杜鹃灌丛——后者的叶背面也是黄褐色，但叶形显著反卷，有着更厚实的“海绵垫”——他们显然在谈论这些异同。我看着这美好的一切，为偶然的相逢和即将到来的离别心生忧伤。

／从干热河谷前往冰川／

从南极洛下来之后，我说服潘老师和威廉在酒店休息了一天，而我只身前往白马雪山森林，本想一路上到流石滩观察一下，结果受寒感冒，勉强在小木屋待了一夜，和我的大果红杉见面后即返。珠巴洛河依然在森林里分出支流又汇合，河滩上的窄叶鲜卑花开放的时候总是让我想起黄药师的桃花阵，当日经过已经接近尾声。

保护区曲宗贡基地的草甸，金黄杜鹃灌丛下，报春花属、龙胆属、马先蒿属，还有蓼科、菊科的花组成小小的花海，如果我们在此如实观察一年这个森林中的沼泽草甸群落，必然可以了解到一些植物界混杂与融合的平衡关系。春天来到后它们此起彼伏竞相开放，之后迅速繁殖，第一个霜冻的早晨，集体意识到冬日的来临，完全不抵抗地迅速衰败。一个生命周期再次顺水流走，无常发人深省，这可能带给一些人植物知识之外的答案，或者说，寻求答案的开始。

可是我仍然无法客观地观察，我还不能提供自己那种深切的平静，我依然会在看到金纹鸢尾的时候，在心底鄙视那喧闹地充满了欲望的花朵，而怀念深冬后在木栈道边上，它们直挺挺的干枯的带着果壳的茎，覆满霜雪的灰蓝，被强风低温打击之后才有的清冷和无谓。我的心还太玲珑，尚在侥幸中。

6 月 30 日，我们集合启程前往斯浓冰川，从德钦县城迅速下到澜沧江干热河谷中，白刺花和两头毛在热风中垂头丧气。大多数人对于滇西北的印象是雪山和草甸，几为苦寒之地，但是在雪山与雪山之间深刻下切的河谷中，从东到西，金沙江河谷——澜沧江河谷——怒江河谷，就在各大山脉最高主峰的皑皑白雪之下——它们的主峰也几乎东西一线——恰好是温暖的干性河谷，属于亚热带植被类型。这似乎是另外一种自然守恒。我们在山顶饱受风雨之后，在江边身着短袖暖风拂面的感觉如此不真切。

布村正对明永冰川，此时小麦已经收割，我怀念十年前同样的夏日夜晚在此借宿的情形：夜空下，家里的男主人在屋顶用梿枷脱谷，他起起落落的身影旁，女人手托竹筐等待，等男人脱粒完，她扬起竹筐，稻谷从高处飘落，风带走谷壳。我怀念那干燥单调的击打声和女人的温柔目光。梿枷这种用具在脱粒机进入藏地后迅速被替代，之后我只在老羊拉村子偶尔见过它的再次使用。

从布村往前不久就要过江，照例要去看一看那一丛香柏树，我告诉金敦·沃德，他书中记录的极美的杜松/“香木树”——香柏树还好好地站立着。

过桥之后，我们在江边停了一刻，潘老师要给我看一种特别的植物：苋科，莲子草属——刺花莲子草，原产于南美洲，在福建沿海有发现。我猜与大航海时代西班牙船队有关——20世纪末横断山考察队突然在奔子栏附近发现，感觉不可思议，现在已经翻越云岭山脉，扩展到几百公里以外的澜沧江边。我问了问天地、河流和风，以及这其貌不扬的小草，干得漂亮，你是怎么来的——显然这不是它一己所为。据说温带森林也正在以超过人们想象的速度迅速回到北半球湿冷之地，植物的迁徙原本得不到承认，现在它们的行动力不断刷新人类的认知。

澜沧江在这一段，江边都是陡峭直立的岩壁，江水轰鸣，粗重地冲向岩壁，咆哮并激起很高的飞沫，在空中散去。偶尔有浮木远远出现，被江水带到水下极深处，在十几米的地方，旋转着挣脱出来。如果不是此行人多，我想去江边某一块石头上坐一坐，尽可能靠近江水，再近一些，以便那些水沫子可以痛快地打在我的脸上。

过江之后，我们将在斯浓村留宿，准备第二天上山的物资。这个位于卡瓦格博山斯浓冰川的下方、澜沧江边西岸台地上的村庄，只有二三十户人家。我们住在村里的小旅店，一栋三层的瓷砖楼房。我自然更习惯房东家的老房子，传统平顶夯土藏房，屋顶是和我家一样的泥顶，厚实而微微有弹性。二楼晒台上，一架窄小的独木梯可以再上到三层的屋顶。爬到上面，往东可以清晰看到对岸云岭山脉连绵的山脊，澜沧江从北至南，在南边二公里之外转过一道山嘴的凸起部分，继续南去。

低下头，我在屋顶细数房东家院子里的果树，梨、桃、杏、黄果、石榴、很久不见的花红（当地嫁接的一个品种，比苹果小），以及院落四周巨大的核桃树。想到在花红柳绿的夏天之后，院子里将是累累果实。我想起马骅和他的诗，哈，此时我喜欢的白，是被核桃树浓荫的影晃动了的白墙的白；此时我喜欢的绿，是白墙的转角，恰好接住了一滴雨的核桃叶的绿。

啊！竟然就真的落雨，仅仅就在我的头顶，百米以外它都不去！

这次我们需要马夫帮助我们运送物资。马夫就是房东和他的亲戚们，他们正腼腆又活络地和我们的人交流，其间一个眼神富有意味的大叔用蚂蟥的事试图引起适度恐慌——这似乎是他们习惯的看外地人笑话的方式——不过并没有，哈哈。我只是略微担心骡子。骡子怎么办？骡子不怕，它们也要干活。我在心中衡量了一下，然而，并没有什么可以再接着说下去。

我们在村子附近查看了一些干热河谷的典型植物：凹叶雀梅藤的花和果都同时在同一植株，你可以想象它在季节迅速变化中的着急忙乱；君迁子的果实，一种纳西族叫“塔支”的黑色水果，还没有成熟；丝毛瑞香黄绿色的小花躲在叶丛里不甚明显，它和头花香薷一样，都是滇川藏交界处的特有物种；房前屋后，还有曼陀罗，以及宽叶荨麻——它幼嫩的叶子可做野菜食用。除了曼陀罗，这些植物普遍比较干瘦。坡地上，可以药用、制香的清香木，潘老师刚教我认识，我相信其实它在我眼中出现多次，这气味也在煨桑烧香的时候多次升起，但它还是我众多视而不见的事物之一。

天气热得有点喘不过气，我甚至觉得比高山上还要累，而威廉显然对这一切的兴趣不大，他的心呼啦啦在天上飞，已经去往冰碛谷地。

傍晚继续的干热让人没有胃口。入夜之后，我请仁钦帮我做点吃的，没有蔬菜，他只好做了一大碗纯粹的猪油猪肉酱油炒饭，这难以想象的“黑暗料理”竟非常美味，显然这淳朴的人基于对汉族人的印象，并不相信我的赞美。我继续爬到老房子最高的屋顶，在那里可以更清晰地听到江水轰鸣，以及风穿过河谷。天空黑沉，两侧山脉到村庄的垂直高度都在3500米以上，这深渊与茫茫天宇浑然一体，仿若一个隐蔽的聚居地。

外面的人容易把这些地方简单地想象成远离尘世生活纠缠与纷争的净土——人们眼里总是闪烁着友爱，一边吃着粗茶淡饭一边和朋友喝酒谈天——这样正确而合理的“想象”被允许和宣传，通过旅游带来观赏的收益。事物的多面本来就存在，自然与人文都如此，可惜人们有时不愿探究任何一面。

深夜客来，远远过来的电筒光——在以前应该是松明火把——随着灯光的脚步，传来狗叫，继而低声呜咽，是同村的熟人。两个人影逐渐清晰，走向我所在的房子，是马夫。你在上面搞哪样？看场不有啊（当地话：没有）！明天早上鞋子缝里面盐巴多多撒起哦！是那位大叔，他在说防备蚂蟥的事。我跟他点头致意。

这和我们不同，实际上是一样的，但是被遗忘的人——实际上我们遗忘的不只他们，这些人的生活如此传统，深深根植于遥远的过去，我们忘记了他们，也忘记和他们一样的我们自己。否则我为何去询问这几位大叔，他们是否爱这雪山与河流？为何他们不明白我在问什么。果然是蠢问题，我有时丧失了必要的理智。

我与“我们的人”以特别的方式谈论属于他们的生活，认为那是“远方”，那些土地上、天空下的故事，奇妙的，激动人心的，平凡的，日常的，微尘一般又代表宇宙法则，无与伦比的一切，我们不在其中吗？3 月的桃花开了，6 月季风带来雨季，如果它晚一个月，绝对不会只影响这位大叔的日常，草甸不会返青，鲜花与昆虫可能错过繁殖季。植物、动物，这里的人，和我们所有的人，都会为此付出生存的代价。而这，只是我们共同点中极小的一部分。

早上起来，河谷中依然燠热，我巴望着快一点爬到更高的海拔，那里有清冷的空气，低处的尘埃也无法轻易上去。村子边上很多的小蓝雪花跟我告别，芸香草在叹息，小叶羊蹄甲自顾自匍匐着，我没看到它的花。我们沿着白刺花和侧柏的陡坡一步一步爬升，懒得去管正在开花的马棘与峨眉蔷薇。

一栋废弃在山嘴的藏房陡然矗立在前方，它迫使我停下来细细端详：厚实的土墙历经时间与风雨后的肌理，残损但有着精致雕花的窗框——必须要说我喜欢这些材料组成的建筑，生长于土地的材料，它们即使被用于建筑中，脱离原来的形态，依然会生长呼吸，最终尘归尘土归土，不造成任何多余的负担——而且它有君王般统领山河的位置，房屋所在的山嘴伸入河谷上方，江水在它脚下的岩壁回旋转弯。这样的无限风光的位置，自然也要有能力领受南来北往无限的风雨，估计正是这点，让它的主人终究遗弃了它。

我们继续向前向上，到达水渠边上。这水渠正是斯浓村从冰川河流中引向村庄的灌溉水渠，沿着它继续深入，在某一个适当的时候，将从平路转而直上。我们走在山脉的褶皱中，河流从冰川下来，一支听命被分配到水渠中，一支任它在山谷里撞击白浪，它们带来清晨日出融水的欢腾，我接住这欢腾，放在心里，带回雪山，山风和我打招呼，我和侧柏灌丛一起笨拙地回应它。

矮探春开着黄色花的小枝伸展出来，锁眉红色的果实酸甜正好。石壁上有很多我不认识的苔藓及多肉植物，其中和石蝴蝶在一起的，是像鹿角一样精神的卷柏，红色的长萼石莲伸出通红的“枝条”像深海中的红珊瑚。

华椴最好看了，它的枝叶在风中不停地翻飞，生怕我没有看见，灰黑色枝条，浅绿密具细齿的叶，长椭圆鸭蛋青的大苞片——其中有的边缘变为茶色——苞片优雅地斜垂，细致地照护着花梗上三朵黄白的小花，你们果然是友爱的家庭。

某种委陵菜五瓣黄色的花和粉色的云南山梅相隔不远；川滇小檗结出了一串串小绿葡萄一样的果实；大车前草带着宽展的叶子不讲理地站在小路中间，我差点踩着它。卷叶黄精也横空伸出一枝拦路，上面排序整齐地缀满了小八爪鱼一样调皮的白色花朵；成熟的川杨不说话，它身着更深的夏日的绿站在一边，结果风搅乱了它的宁静。

来吧，山杨，一起来跳舞吧，是德沃夏克的幽默曲，你只要轻快地小步旋转，旋转……而悠扬的章节我要等会儿留与华山松在一起。

第一棵华山松出现在眼前，这时行走六公里，海拔表显示 2580 米。如果没有海拔表，当我们看到它，通常会以此判断 2600 米左右，这是常绿针叶林的垂直海拔大致的界限。潘老师感叹，看，多准确啊！对啊，多准确的大自然！你叫啥名都可以，华山松，五针松，还是松子松。嗨！你好啊！

我满心欢喜站在这准确中，大自然的准确并非为了被看到，至少不是被人类看到，每一种准确的现象背后，都是各种自然因素的平衡与和谐，每年北风和南风都准确到来。雨水准确，冰雪的蒸发与凝结准确，天空与大地不造成任何剧烈的突变，那些华山松也就准确地站在这里，不必上蹿下走，不必沿着山脉北迁南进。

又一滴雨落下来，我仰着头，很开心，任雨水滴落，想它们每一滴都千山万水地走过，从遥远的海面蒸腾，在空中飘行千万里，最后落向大地，落向我。我感谢它们。

菊状千里光乱蓬蓬的黄色花上方，是白色花的云南丁香，我对它们都没有太多兴趣。我坐在石头上，面前一株香白芷，它聚伞花序留下的翅果像小榆钱一样挂在一把略有残损的伞骨上，等到果肉风干，从青绿变成透明纸质的淡黄，等到合适的风，母体就会放它们在空中滑翔。

我羡慕所有的翅果，羡慕所有飞翔的翅膀。我这般的渴望，使鸟儿飞过的天空将因为没有我的飞行而变得残缺。不会走路的植物，也能演化出可以飞行的种子，这让我意外且嫉妒。眼前这些果实，严格地说，只是顺风滑翔，那些可以顺着上升气流飞翔的单翅果显然更有想象力和野心。比如枫树的果实，像螺旋一样打转缓缓降落并不是它们的目标，它们要在起风的时候，以自己独特的结构，御风而上，去到更远的地方——单翅飞行，这是人类至今无法做到的事情——其中少量的一些活下来，开枝散叶，成为先锋种子，拉高了它所属物种迁徙的平均速度。

而我只能坐在这里，飞不了，尽管下午时分澜沧江河谷的热气流极速上升，我也没有翅膀，只能以每小时二三公里的速度继续爬升。这让我微微沮丧。

在密林间，我也可以听到陡峭峡谷的热气流急速上升的声音，高山上方悬挂在雪峰冰川上的冷空气毫不相让，它们将很快在这山麓形成锋面雨。双方快要怒气冲冲地嘶吼，大一点的雨滴已经撑不住开始下落。这雨让斯浓冰川峡谷更湿润，干热河谷之上，2600～3200 米海拔段呈现为难得的半湿润针阔叶林带。

快下雨了，潘老师提醒我，他不断找路边的高地，趴在石头上，踮起脚举起相机，想在雨前找到好的角度拍下澜沧黄杉的球果。在他的眼里，显花植物固然美丽，树木更有奥妙，树木高大庄严，提供给地球更多的资源，所以潘老师看到的世界比我更大更美。我用长焦拍下一些，拉近看，呵呵，它的苞鳞狭长显著向上反曲——一颗偷偷长了三叉戟一样轮刺的松果——分明就是一颗倔强的暗器！我居然没有发现过！我这么蠢！而澜沧黄杉的近旁，同样是不受我待见的油麦吊云杉，作为第三纪孑遗植物，它们从人类尚未出现的时代，一直相伴站立到现在。

我们在行进途中迂回过了两次河，向阳的坡地逐渐被山谷褶皱更深的阴湿山地取代，针叶林逐渐被更多阔叶树取代。中华山蓼肥大的茎生叶随处可见，它们是喜欢湿润环境的植物。显脉荚蒾带着一串串绿色小果，它的叶脉弧线优雅。在一处向阳的转角狭窄地带，马队停下来，这让我疑惑，因为这显然并不是适合打茶吃饭的地方。马帮大叔介绍这是最后的干燥地带，前方开始空地不有喽，就是蚂蟥的地盘喽！打茶，就着老干妈和蘸水辣吃粑粑，每个人扎紧裤管，在鞋子上撒上盐，也给骡子腿上抹一些，继续出发。

槲栎深绿的长卵形大叶子下方，是一株小叶青皮槭，它五裂的心形叶片此时浅绿，秋天变成红黄的色彩，哎，它也有翅果。橐吾丝绒的叶引我轻轻抚摸，威廉和潘老师捡到华榛的外星生物一样的果实，也许它是深海的水雷。稍微向阳的小空地，勾儿茶长椭圆的果实由红转黑，我尝了一下，味道不怎么样。

潘老师给我讲青荚叶，我们在又开始下雨的时候遇到它，这种特别的植物，蓝绿色的小花开在叶子的中央主脉上，花期已过，现在，这每一片摊开的绿叶中央，一颗绿色的浆果正折射着森林雨滴的光线。同样绿色的浆果来自土沉香，它们长卵形，聚伞状排列在直立的短茎上。这些浆果都那么美好，是生命重要的进程。我正伸出手指拨弄它们，眼角余光注意到我的鞋面，一只胖大的蚂蟥正在认真地作尺蠖式移行。呀！呀呀！

一直觉得，细雨淅沥的时候徜徉在林间是最美的，森林显出从未有过的鲜活。细雨洒在高层的树冠，常绿的松柏针叶上鎏了一层薄银，阔叶树被洗得发亮，叶片汇聚的水滴落下来，再从灌丛的叶子尖上滑落，跌到蕨类上，而蕨类像蓬勃的热带植被，它先吸收了水雾变得生动，之后在每一片叶尖上，噙住一滴小小晶亮的露珠。菌菇染着芥末黄、杏黄、蛋青、茶褐、云母白、猩红的颜色一个个跑出来。苔藓吸饱了水，举着它们泛着银光青绿的小犄角，或者浅黄小豆芽，地衣涂鸦到处蔓延，它们把森林变成童话的世界。

我查看铁线蕨像葡萄一样的叶子，凤仙花带着浅粉的脸颊害羞地在一边，我捡起忍冬掉落在地上的白色和黄色的小花，拿在手上拍照，以说明它们的尺寸。黄水枝无比柔弱，它从一段枯木后怯怯地伸出来，离它不远，漂亮的一株天南星从叶柄鞘筒内抽出佛焰苞，它的叶那么鲜嫩，还是淡淡的粉绿色，它是少年，正直地站在一株被伐倒的大树旁，守着一圈圈流逝的生命年轮——这棵树不知为何没有被运走，现在已经开始成为苔藓地衣的大家庭，不久，将由菌类接管。

我们手上都各自拿着一根小树枝，爬升的山路坡度不小，在走几十步停下来喘息的时候，顺便把在裤管鞋面游行的蚂蟥挑下来。有时它钻得太厉害，已经吸到皮肤里，那就用火烧一下它的尾端，它就会脱落，再往伤口上撒点盐。

雨落落停停，我抬头看到松萝在微风中飘荡，低头是白桦树干上青蛙皮一样的叶状地衣。两小只鹿蹄草在转弯的坡下，粉红的茎上密生花朵，花瓣由白色到蔷薇色渐变，同样粉红的长花柱正天真地伸展，我犹豫片刻之后选择趴下去拍。站起来检查蚂蟥的攻击。抬眼时，我发现当我注意到鹿蹄草的时候，忽略了我所在的山谷，是云南大百合的山谷，从目光所及的缓坡上方，到我的面前，延展转向河谷方向，浓密的树荫下，是一条百合花的河流。“仿佛如同一场梦……像春风轻柔吹入我心中”，虽然大部分百合花期已过，有的已结蒴果，但它居然留给我挺拔的十几枝白色的喇叭形花朵，忽然地、纯洁地站在密密丛丛的深绿宫殿中。

“……我告诉你们，就是所罗门最荣耀的时候，所穿戴的也不如这些花朵中的一朵。”

我看到它时，瞬间被柔软的重击击碎，我怔在那里，花也愣了。它还不曾经历过有人为它这样地失魂落魄，它们的叶在微风中触碰，我听到它们窃窃私语，最远的那一朵悄悄扭头来看我，而离我最近的一株低垂下头，好像担心这“突然”的玩笑，担心自己太美丽而出了差错。密密交织的根叶传递着这古怪的信息，刹那间山林都知道了我的窘相，所有的植物捂着嘴沙沙窃笑，连见多识广的风都在笑我，它从树冠下俯冲到密林，掠过灌丛，和百合花点头示意，奇怪地看我。直到下方的林木传回安全的信号，风表示理解，雨滴清凉地安慰，蚊蝇和蚂蟥都不打扰，百合站好了姿势，我们就这么一起站着，那么轻柔。

我是单恋终于被知晓的卑微的人啊，置身于真情的空幻中。

而森林不舍弃我，它无比悲悯和宽厚。巨大的红豆杉以及红豆杉树下蓬勃的纤维鳞毛蕨在我恍惚前行的路上再度出现，倾注平和而深沉的力量。它们上一次在南极洛拯救我的哀恸，这一次又来挽回我的忧伤。我和你们有约吗？你们如何沿着山脉，传递我失神的信息？

我与我的百合花告别，并心知我们永远不会真正告别。

雨时大时小，间隔也透出刹那的阳光，我们走走停停。我有时站在巨大的红豆杉下休息，有时靠着云杉，沿着它们笔直的树干向上望，所有笔直的树干在高处聚拢来，只留一个小小圆圈的天空，每每让我觉得自己的渺小。

我的启蒙老师和朋友金敦·沃德先生1913年7月18日到24日在斯浓冰川考察，但我不十分确定他是不是也走的这条路。那次考察中，他发现了弯柱杜鹃和紫背杜鹃，在冰川的下方，他由衷地赞美长叶绿绒蒿“那发出蓝紫色微光的花朵带有日本丝绸的纹理”，扫帚岩须、高山葶苈也在记载中，我们也许在更高的地方同样遇见。他记录了“蒙贝基杜鹃”，这种杜鹃就在我们行走的路边，它最终被正式定名为“紫玉盘杜鹃”，这几株已过花期。

楔叶山梅草在石壁上开出五瓣黄花，美丽的蓝钟花，喉部密布长柔毛，在大雨时封闭起来保护花蕊，它们的叶子都披上柔毛，这些植物的出现暗示海拔已经在3200米左右，气温急速降低。小叶栒子占据了岩石，深秋时节，它为岩石和山地带来红亮的叶和果。我已经累得不行，威廉这70多岁的老头居然走在我前面很远，潘老师也很快超过我并为我加油，他们的身影很快消失在林间。我们已经爬升了十四公里，前面还有五六公里。我就是很累，很累，累得不想说话，呼吸都嫌麻烦。

这里已经是恰纳牧场的范围，灰白色的河水在雨水的配合下正在嘶吼着向人们示威，河边有碎石以及大块的乱石，代表着高处冰川运动的威力。我坐在石头上，抬头望向斯浓冰川的方向，冰川、卡瓦格博主峰、兵玛扎拉吾堆峰，全部隐没在黑灰的云层后，冷杉林时隐时现，是幽暗而古老的颜色。

我抬不动脚，就坐着。马帮的姐姐上来，木背架上堆着高出她头顶的物资。她停在我身边，把架子顺势靠在身后的岩石上，稍事歇息。她不太会说汉话，她眼神明亮，咧嘴微笑看着我，掏出一颗棒棒糖递给我，跟我说，“上面，蚂蟥，不有了”，然后起身离开。这些生长于山地的人是大自然的光明之作，他们毫不掩饰，天真烂漫。我在这五毛钱的糖果中醒来、复活，举着这颗救命的橘子味棒棒糖，单手拍照，让河流及山林证明，我要记住这明媚的善意。

雾悄无声息地下降到我身边，我将劈开它的黏稠和凝滞。

我们已经离开了温性针阔叶混交林带，也将离开蚂蟥的地盘，沿着冰川冲积侧脊继续往更深更高的区域前行。从冰舌前端的冰盖上走过，往侧翼迂回，冰川融水时而在地面奔腾，时而隐没在灰黑色的冰盖下方，这使它们愤怒地咆哮。冰川南部的侧脊，目测离我们只有两三公里直线距离，悬泉瀑布垂髫洒下。看见冷杉了，有两棵依靠在一起，根须相连，就在山脊最边缘抓紧了岩壁，枝条下是冰碛深谷，谷深300米左右，冰河与冰舌在谷地延伸。

我走着，在雾中偶尔看见空中巨大的悬冰川——因为雾气集中在它下方，使它看起来就像悬在空中的冰宫——偶尔蓝绿色的冰层显露，又立刻被严厉地收藏回去。偶然回头，我发现刚才那两棵冷杉下段的岩壁，在最下方靠近冰河的地方已经被掏空，逐年增强的冰川融水具备了更强的破坏力，也许今年，也许明年，这小段的岩壁就会在某一个时刻轰然垮塌，这两棵冷杉也将宣告死亡。大片乌云徘徊在冰川的上空，雾气都被染得黑沉，每隔十几分钟，就听到冰崩的声音，高高低低，逐渐加大，我知道我们离它越来越近。

我爬到一处平缓草地，以为已经到了最后的目的地，马帮告诉我，还有两三公里。好在这片小草地已经被冷杉环抱，冷杉笔直的树干高达 30 米以上，松萝居然在我够不着的高处飘荡。我明白此处已经是冰川深入的那片冷杉林下缘，很快，也许再上几个陡坡，山脊就会平缓，草甸舒展，冰川将一览无遗。

威廉以坚强的意志维持着一个男人绝对的优雅和职业摄影师的专业水准，潘老师四十年前跟随导师来过这里考察，故地重游的兴奋一直支撑着他，我像爱那冰川旁侧的冷杉一样爱他们。

我在马帮姐姐的棒棒糖疗法下还有一点力气，可惜不能在这林间休息，一来我们都全身湿透，不敢停下来，二来虽然没有蚂蟥，可是有一种奇怪的小飞虫叮人，小伙伴中平头的两个小伙子已经被叮得满头是包，是白蛉吗？我忽然想起金敦·沃德的记录，他好像也遭遇过这样的情景。

我没有水了，爬到一个小瀑布下检查了一下水质，大口喝了很多。借着被虫子追赶，以最后的余力爬上央塘牧场。世界那么美，真的，一切恰到好处，除了我。雪峰、冰川、冷杉林、草甸，花——我已经没有力气去细数各种乌头、各种绿绒蒿、各种紫堇、葶苈、龙胆……我只盯着一个地方，巨大的冷杉林下方的一排小木屋，它是最美的，在浓雾环绕的森林边缘的，我此刻的最爱，它在向我招手，准备好揽我入怀。木屋在二层，下面以数根柱子架空隔绝潮气和动物，独木梯上去，并排三间，以宽大的原木走廊连通，比任何我住过的酒店都奢侈。

我住在第一间，中间是火塘，三面木板床。我赶紧用气罐烧水，给威廉和潘老师泡茶驱寒，马帮立刻生火做饭。火是多么伟大的事物，尤其对于我们这些里外湿透的人。我太累了，已经在梦游中，一切都在我的梦中，我装模作样，其实所有的说话都是呓语。我倒在睡袋上，正对着火塘，跳跃飘摇的火苗被门框成神秘的画，画外更美。

雨停了，冰川绿色的悬冰触手可及，我拉好睡袋，担心夜里不小心一伸脚就会踹到它——冰川正在最后的暮光中，那么美，我已无力也不打算拍照，只透过这火苗、这画框看着它，听它间隔很短的一次次巨大冰崩。

迷迷糊糊中，我拒绝了冷杉和松萝夜间舞会的邀请，沉沉睡去。

将近凌晨五点的时候，我悄悄从睡袋中坐起来，火塘的火已经燃尽，偶尔冲进门口的风带起灰烬，让底灰的余火忽而闪烁几下猩红，随即爆发出啪啪的声响。我起来站到门口的走廊上，观望周围的景色，木屋下方覆盖着疏密不均、明暗不同的树林，林间小块的空地上飘浮着一层淡淡的水雾，缓缓爬行、上升，受到某种阻碍，又低低伏地。没有月光或星光，冰川仍在黑暗中，带着令人敬畏的孤寂。整个景象有些神秘，也有些凄凉。气温很低，头顶廊檐的木头饱含水分，偶尔滑落一两颗水珠。

站了一会儿，我退回到屋里。我已经领会到它的眼泪，高山的忧伤。

我习惯在晨曦之前起床，大约凌晨三四点，我以为这个时段是一天中最美的时光，无论阴雨晴好，无论你是否看得见，星辰正在陨落，万物都在准备开始，大地宁静安详，默默酝酿、等待，并打算接受一切。鸟儿们在破晓前开始鸣叫，我想知道最早、最孤独的那个是谁。

一会儿，马夫起来生火打茶。充足的睡眠和纯净的空气，以及温暖的篝火使我恢复了活力，我又重新兴趣盎然地欣赏起周围的一切。每件事物，即使是最平常的，此时此刻也都被刻上新的亮点。所以我的早餐是最美味的酥油茶，最美味的粑粑，以及最美味的老干妈豆豉。我已经听到从苔藓到参天大树都一起欢呼雀跃，不但如此，透过门框看出去，山峰的每一处景物、每一块折射晨光的寒冰，和每一丝飘移的雾气，好像都能看见我、读懂我，明明白白地知道我快乐的心情。

我们所在的央塘牧场，位于斯浓冰川北部侧碛中下端，从小木屋望出去，冷杉林树梢后面，就是苍白的冰舌。马帮大叔说冰川已经退化了几百米，这并不是虚言，我们沿着冰河上来，冰川侵蚀的山谷堆满大小石块。至少从恰那牧场开始的谷地，原来都是冰川的领地，大约 600 米的垂直高度，这是冰川退化的垂直高度，长度则至少有五六公里。

此时天空清明，冰川从天上来，如宽阔的天河，从我看不清虚实的缥缈之地，白练一般向东北方向洒下，忽然在我面前的崖壁收拢垂下形成冰瀑布，在南北侧碛的约束下，转往东南方向延展，迅速进入暗绿的森林。那些曾经被冰川覆盖的古老的黑灰色岩石上，几十条细长的瀑布树枝状分叉，或粗或细，蜿蜒前行又从陡直的岩壁跌落。这一切，被笼罩在清晨淡薄的雾气中，冰河宽阔起伏，细看犬牙交错，地狱般扭曲，冰墙、冰柱、冰洞、冰裂缝，蓝冰的光芒倏尔闪烁，同几乎不间断时而巨大时而细微的冰体崩塌的声响一起，穿透雾气来。

所有的藏族同伴都恭敬而谨慎，甚至说话都调低了声调。卡瓦格博山是世代的神山，在日常，他们称之为“阿尼卡瓦格博”，意思是爷爷一样的山神，靠近冰川，意味着接近了神的宫殿。

有一个不短的瞬间，天色亮起来，日出的红光虽然没有完全穿透东面的云层，它努力试探着，云层并没有完全拒绝它，以散射光的方式柔和地提亮了我眼前的景物。冰川以自身的特质加强了明暗对比，使它自己凸显出来。天空与冰面都变得绯红，染得冷杉都带着粉绿，而蓝冰抓住瞬间的炽热变得更加幽深，色调在千万次我无法描述的细微变换后，恢复到冰雪的冷肃中。

人们看到这生动的一切，仿佛若有所思，确定这是神公然的宣告。所以，马帮当即决定沿着山脊，到最高的地方去煨桑。

我像每一片飘落在转经路上，听过他们古老歌谣的雪花一样，多次见证过他们的神迹，我完全理解他们，并赞许这热切的行为，与之相比，城市的人们是多么委顿和疲倦啊。我为不能同行感到遗憾，我将在每一片花叶中赞美神山。

昨天的冷雨让威廉生病了，他几乎一夜没睡，似乎还在发热，鉴于他已经看到了大部分期待的植物，我建议他先下到村庄，并承诺将会把我拍摄的照片交给他，尽管我的摄影水平完全比不上他。我和他拥抱告别，叮嘱他注意安全，把他交付给先行下山的两位马夫。

我没看到潘老师，过了一会见他从林间钻出来，他显然早早就溜到冷杉和杜鹃的怀抱里，潘老师是断断不会把宝贵的时间浪费在睡眠和过长的早餐中，那是再遗憾不过的事。晨光之中，植物早已醒来。如果不是太累，我猜潘老师在深夜也可以毫不费力地凝视它们。

马帮已经唱着歌出发去煨桑。我和潘老师决定沿着我们所在的冰川侧脊继续攀升，前往林线 4300 米海拔以上的草甸和流石滩。

我与木屋后面的森林告别，没有风，林子里静悄悄的。冷杉与松萝、苔藓与地衣，还有杜鹃，都一动不动。我没有意识到，它们可能在暗示我即将到来的暴雨。我只听到溪流的声音、冰块崩落的轰响，一两只我不知道的小鸟正在唱歌，木屋外面的灌丛和草甸已经五光十色，拖着我的脚步怎么也迈不开。紫堇、扁刺蛾眉蔷薇、紫菀、风毛菊都开得极好。黄花鼠尾草可能因为充足的水分，拖着毛茸茸的叶片，花朵都长出了肥大宽柔的样子，婆婆纳睁着它小小的蓝紫色花眼也来凑热闹。糙毛杜鹃已经谢了，金黄杜鹃灌丛依然那么的炽烈。

斯浓冰川谷地在南极洛的北面，同在怒山山脉，因为坡度陡峭，降水丰富，这里具备了更完善更分明的垂直植被，使它除了和大河两岸同海拔区域，以及同一条山脉不同南北段区域有类似的植物群落之外，还有一些集中优势的不同物种。海拔 4000 米左右，正是暗针叶林向草甸和流石滩更替的区域，我知道在我们前方更高的山地，丛菔已经开过，樱草杜鹃和金黄杜鹃正在一起开放，血红杜鹃、弯柱杜鹃在林缘点缀不同的红色，点地梅和岩梅把岩石和草甸染上不同色彩。

冰崩不断，风时而吹动林梢。

我向肥嘟嘟的黄花鼠尾草要了一片叶子，举起来逆光细看，卵圆形的叶片从基部的心形走向叶尖呈三角趋势，长约 8 厘米，宽 4.5 厘米，边缘重圆齿，比书本上讲的“叶片纸质”更厚实，叶上密被疏柔毛。一条主脉在两侧分出了 18 条支脉，再不断细分下去，形成网状。叶脉的绿色较浅，使它在逆光中无比清晰，如同河流一般舒缓带动着整片叶子的营养输布。在我摘下它之前，它正负责完成光合作用和水分蒸发的工作，并且平衡着两者之间的冲突。无论它的形状、尺寸、颜色、质地都是日长、光照、水分、风力、土壤、周边植物、昆虫引起的一系列变化波动精确校准之后反应形成，这是自然鲜活而生动的创造，这样的创造力同样地施与山脉、河流和我们人类。

你看看这叶脉和我们的肺部组织如此相似，和大河的水网，和山脊的分布，甚至闪电——我此刻正在一条“主脊”侧分出的“支脊”上——也许从高空中审视，西南这些山脉、河流、森林，也组成一片“叶子”，提供地球的呼吸和营养。任何一个人，不论你是植物或地质专家，或者仅仅一个普通人，都不得不承认，也完全可以感受和领会这造物的神圣，一切古老而新鲜，创造早已完美但并未结束。在我旁侧的冰碛谷地，初等的植物正在创造土壤，石头和沙砾都将成为未来的草甸和森林，创造更多的生命，改写地貌，形成更多新的风景，而这不过是其中的小小环节。

我们爬到东西向的山脊主线，每走几步都急促喘息不停。最有经验的藏族大叔阿依噶从小在牧场长大，他负责跟随潘老师，保障他的安全，另外两个藏族小伙泽军和仁钦跟着我，鉴于他们从小在城市接受学校教育，第一次在这样的山地行走，除了体力我略逊，其他方面我足以带领他们。我认为人们都有责任了解自己生长的土地，用亲身的经历，而不是书本上抽象的知识。那些被抽象和系统化的知识如果飘浮在现实生活之上，就会失去着力点，更何况我们总结这些知识时间不久角度有限，还远远不足以表达真实。

灌丛下的反瓣老鹳草，是梭罗描述的飘浮在草丛上的“温柔小花”，五枚花瓣由五枚萼片支持，节奏稳定，与其他老鹳草的秀美羞涩不同，它们的白色花瓣从花心向外画出淡紫色的条纹，向上反转，露出雌蕊底部密密茸毛——保持子房的温度——雄蕊带着紫黑色的花药围绕着花柱，完全突出，有力彰显了生殖的欲望。

同样处于繁殖期的，还有坡地上的油麦吊云杉，此刻它发育良好的金黄色的雄花，正在寻求风的帮助，好让花粉可以准确地被吹在成熟的雌球花上。

岩须，或者是扫帚岩须——我还不能准确分辨它们——到处都是，密密匝匝白色的小铃铛花中夹杂着变成棕黄色的花朵。从它们中抽出了一枝枝腋花扭柄花，侧面看上去单薄纤弱，从顶上看下来，巨大粉色的花碗由六枚离生的花被片组成，无辜而纯洁地望向天空，如此美丽。而岩须那低垂的黄白小花立刻自动幻化为点缀的背景。

尖背百合开在溪流边、小瀑布的石壁上、杜鹃的灌丛下，黄色的六枚花被片向中心聚拢而不展开，是另外一种收敛的、矜持的风范。

我们坐在山坡上用过简餐，我给每个人留影，大家只要席地而坐，巨大的冰瀑就跃出为背景。我们也拍了不少杜鹃、岩须、女娄菜以及龙胆，还有小黄菊，背后的风景将证明它们的海拔和独特的生长环境。透过镜头，我注意到我们所在的山坡，急陡而上，坡度已经接近 60 度。到达山脊顶端之后，可以看到这条冰碛侧脊一直蜿蜒往西偏南的方向而去，它和冰川保持大致平行，南侧曾经被冰川席卷，宽窄不等的褶皱都很陡峭，而北坡相对舒缓。山脊峰顶有时如刀刃一样单薄，有时又延展出一小片石壁和草甸。

我们在山脊线上行走，拟秀丽绿绒蒿蓝紫色的花朵藏在灌丛下，裹盔马先蒿玫红的花朵圆乎乎膨大的花冠则努力把“头盔”向右偏扭。

在一面六七平方米的大石壁南面，我们遇见了正当年华的美丽绿绒蒿和拟耧斗菜，两者伴生从这石壁的缝隙中生长出来，岩石本身成为它们北面的屏障，而石壁西侧略为凸出的山嘴也为它们阻挡了从冰川方向来的风雨，这是一块不错的生长地，为了报答岩石，它们认真生长、开花，镶嵌在岩石上面，成为美丽的徽章。

虽然已多次相遇，我仍然要忍不住停下来细细端详它们，这一丛拟耧斗菜淡紫色花萼饱满圆润，而里侧五片淡黄的花瓣、花蕊都发育良好、伸展自如，使它看起来像大小的两朵花套在一起，热烈、义无反顾，就是“悬崖上的金鱼公主”；它上方的美丽绿绒蒿淡蓝色的花瓣，说它是绢似乎都还显得太厚，素纱也许更适合，蓝色也嫌重，这一株，分明是天青白。

潘老师准备顺着这条绿绒蒿的山脊往下走，而我还想继续沿着山脊线，朝向冰川再前进。他们两人的身影迅速消失在岩壁下方，我继续悠闲地在岩石周边东看看西瞧瞧。

黑云已经从冰川来处涌起，急急而来，一场暴雨在酝酿中。我心中对于雄伟景色的渴望，随着黑云的翻滚变得起伏不定，但我什么也没做，只是侧耳听了听，对着它凝望了好长一段时间，然后如履平地一般，在山脊线上跳着、跑着，牵着风。广布红门兰和红花刺参都没有让我停住脚步。

雨大颗地砸下来，奔跑、奔跑、奔跑！只有奔跑占据我的头脑。很快，暴雨来了，铺天盖地，从天到地都是黑沉沉的铁桶一般的雨水，带着一种近乎弃绝一切的暴力，控制与放任。没有任何地方、没有任何办法可以躲避，我们必须和山峰、冰川、岩石，和所有的植物一样，只能那么赤裸裸地坦然接受！这其实让我感到异样地痛快，因为这天水四围的黑暗与狂莽。我喜欢这样的张力。我是目光如炬的舵手，靠心导航，驾驶独木舟在滔天的灰黑色巨浪中轻盈飘舞。甚至，我就是那暴雨与风浪本身，由天地把我摔碎再汇聚成流。

我们都成了落汤鸡，再好的装备都没有用。雨似乎停了，天边厚重的云层仍然在暗示稍后它将卷土重来。天色稍微亮一些，浓雾开始在冰川和山脊间流淌，已经下午四点多，这个时间点显然不适合我们继续前往更高更深的冒险之地，我决定找一条路返回央塘牧场。暴雨洗净万物，我也不再“尘满面，鬓如霜”。山脊南侧的峭壁、突兀的凸崖、陡直的悬崖、流淌溪流的裂缝，都泛着青光，它们共同的特点都是其下端急切插入冰碛谷地，虽然美丽，但并不利于下降。我们继续往西面主山脊走了不小的一段，找到一条相对宽缓的山脊——虽然它上段陡直，但中部有一带狭长的冷杉林——我们准备从这里下去。

出发之前，趁着天色尚好，我们在山脊最高尖顶的地方坐了一小会。我在心里默默计算了一下，我身后东面的大峡谷，澜沧江距离我现在的位置，投影到平面，直线距离大约只有二三公里，垂直海拔上升了约 2000 米。我走不动了，否则这海拔数据还会继续增加。

这么累的行走，是完全为了植物吗？有时候我也会问自己，显然，刚才在暴风雨中的奔跑与此毫无关系。有的时候，仅仅是需要土地——真正的土地。我想明白我自己的生命——土地和万物可以告诉我一些答案，或者只是通往答案的方向。当然我也是自然杰出的作品，有时候我把自己作为礼物送给了某一些适合的地方，它们接受了，并给予了我更多，比我所能希望的要多。

我知道，在我经历的这些事物中，流淌着能量和生命。流动本身是神奇的现象，水分在叶脉间流淌，澜沧江在峡谷中流淌，季风在它的上空，森林的河流在两侧山脉上流淌，冰川垂直的流淌连接它们，而风带着水和雪四处流动，平衡阳光在空间和时间上的差异，这背后是宇宙流动的能量。

流动总是在打破固化，从一个地方到另一个地方，从一种形式到另一种形式，从一个世界到另一个世界——也许根本就没有任何固化。生长、改变、流动、消失，以及时间，多么迷人。我伸出脚，悬空，从我的大头鞋看下去，深谷下云雾中是灰白色的冰川，我按下快门，跟冰川告别，准备下降。

路很难走，虽然我常常经历这种上山容易下山难的局面。陡峭，坡度接近七十五、八十度了，湿滑，处处流水，兼有松动碎石，上段的石崖确实有要命的风险。两个小伙伴心性差异很大，仁钦稳妥踏实，笃信个人的经验；泽军天然喜欢戏谑，喜欢冒险，他可能也一直在迷醉的状态。我看他们运动能力都不错，没有太多担心。实际上，这种情形下，担心和絮叨一点作用都没有，我要清晰地告诉大地我的想法和目标，然后放松前行。每个人的基因里都有野蛮人的一段，你放松的时候，大自然会帮助你提取很久以前天然的记忆。

塔罗牌里有一张在悬崖上跳舞的小丑，他无畏于脚边的悬崖，眼望长空，神色欢欣，他并非愚蠢，他的平衡来自对更大世界的依托。

我们穿过裂缝，滑下一段段黑灰色的悬崖，跳过山涧，接近较为宽敞平缓的山脊中部。我忽然玩心大起沿着裂缝的边缘跑下去，伴随身后的惊呼。哈哈……这之后，稳妥的孩子要求大家放弃崖边路线，改走林间——看起来是一个不错的选择——不知道他是不是要防备我又“发神经”，我心知不妥，但感激他的好意并愿意尝试。在郁闭度很高的冷杉林间，雨雾中判断方向和路况是有很大难度，而且原始林下枯木倒木较多，灌丛密布，苔藓湿滑。我们爬上滑下，各自重重地跌了几跤，并被多刺的植物和白蛉攻击。事实证明走这样的路，天黑之前绝对不可能到达营地。

我们返回到崖边的狭窄灌丛带，这些低矮灌丛的根系都长于地面植株好几倍，牢牢地抓在石头土壤中，并且相互交织，可以有力地顶住我们湿滑的脚步和倒下的身躯。我们沿着崖壁，在灌丛带、石崖、流水中迂回、滑下、跋涉，连滚带爬很快又看见冰川，继而下到冰碛谷地——在那里有一丛开得极美的蓝钟花，它躲在凸起的岩石下，没有受到暴风雨的捶打，我停下来和它待了一小会——再顺着冰川的方向下行。天擦黑的时候，我们和雾气一起，爬回到牧场的小木屋。我感激我总是碰到最好的事物。

大圆木铺就的走廊一直延伸至木房子外几米远，我站在最边缘，那伸入空气的悬空之处，在最后的光线中，观看这别样的寥落天地。

冷杉林林线的上方，是灰白色低低轰鸣的冰川，它的上方，云层中若隐若现的冰川形成之处的山峰，它已经披上新的雪衣。周围的一切被暴雨洗得洁净无比，有一种还没有缓过神的钝钝的寂静。

我得知整条山脉都沉浸在这样混沌的状态中，在心里朝着导致这一切的伟大力量偷偷眨眨眼，试图表达我了解这种减弱、缓和，消除纷扰、喧嚣和幻境的方式。显然，这独特的寂静也是暂时的幻境。我觉得我没有办法说清楚，仅仅就我知晓的零星知识就已经很难说清，何况那“伟大的力量”。但是，我又想，还有一个世界是用语言无法表达的，这多么好。

我并没有太累，也许是山的安慰。火塘里已经升好了旺盛的柴火，酥油茶和方便面是最佳的搭配。潘老师讲起他们的回程，暴雨的时候，他在一处峭壁摔倒滑出去十多米，幸好有灌丛出手援助，并且阿依噶冲出去及时拦住了他——我向两个小伙伴使眼色，不要提起我们的冒险——我们都庆幸，并从心里感激神山的庇佑。

马帮的棒棒糖姐姐隔着火塘坐在我的对面，她的眼睛在火光中那么生动，那么明亮。她用清越的嗓音唱起了歌颂卡瓦格博的歌谣，我们都醉心倾听。我注意到森林在复苏，风开始拂动松萝，有一些不知疲倦的小鸟，在枝头上跳跃，高高低低唱起了夜歌。

我依然睡得很沉，我实在太爱森林的夜。但是我在半夜里，被下方牧场里一头公牛的吼叫声吵醒，它不停地跑来跑去，惊慌失措，它的慌乱带动了整个牛群，所有的牛都开始骚动，跟着它来回跑动。马帮的大哥、叔叔们迅速点燃篝火，抽起砍刀准备下去牧场查看。

可能是熊，他们临走时说，这里有火，不怕。

我并不害怕，必须诚实地说我其实有点想见识一下，所以我坐在火光里等了好一会。我想起《鲁滨逊漂流记》里说，“熊安静地游荡，并不想惊扰他人”，凝神听了一下，我知道它并不会前来进犯，这样更好，我希望它快快回到森林深处。谁能断言熊在靠近牧场的时候毫无恐惧，而暴雨在扑向冰川的时候不会痛？

拂晓之前，又下起了大雨。

白日晴好。我们很快撤回村庄，快到让我觉得好像从来没有来过。

／尾声／

两天后，我们再度乘车经过白马雪山 4290 米的垭口。潘老师趴在地上，教我和威廉分辨了丛生荽叶委陵菜与狭叶委陵菜，它们在当地的藏语里，分别被叫作“牦牛吃了酥油多的草”和“牦牛吃了奶渣多的草”，这是牧民根据生产经验定下的名字。

我们又爬到高处，俯瞰了高山柏一坨坨椭圆形的灌丛，我又开始乱想，不知道从空中垂直看下来，它们的排列会不会有特别的规律，好像外星人传递的某种信息，仍不被知晓。

在其中一个高山柏灌丛的旁侧，密生菠萝花开出四朵钟状大花，上方的流石滩，囊距紫堇极为谨慎地生长出三片和岩石一样灰褐色的椭圆形叶片，它在躲避天敌，也许我们想多了，说不定它只是喜欢开玩笑。扭连钱和绵参都披着毛茸茸的斗篷，跟我玩猜猜猜。我陪它们玩一会，假装看看它们的上唇下唇雄蕊长短，虽然仅仅凭茎分枝与否就可以辨识。

下山的时候，在杜鹃灌丛下，我找到一株白色的长叶绿绒蒿。绿绒蒿的所有品种中，蓝色、紫色、红色、黄色都有，但是这白色变异的绿绒蒿，我们所有人都是第一次见到，非常非常惊喜。在它旁边不远处，是蓝色的另一株。

我们所有人一起，以白马雪山 U 型谷、冷杉和大果红杉为背景拍了一张合照，威廉把手搭在潘老师的肩上，而潘老师站在我和威廉的中间，轻轻挽住我们。

我们相互祝福。我说，一定会有更深沉、更持久、更美好的东西，使我们沉浸其中并保持连接。我说这些话的时候其实知道不必勉强把它们表达出来，只是未来不可期，那瞬间我内心伤感，想要些许的倚靠。

第三章

山中十日

我总是在春夏之际到山林里小住一段。春夏真快，在高原上就三四个月，春夏是森林和草甸最美的时候——这么说有些不公平，春夏是人们容易看见的最美的时候，显花植物都在这个时段拿出各色姿态，我要去看望这些朋友，以及，另外一些。

我比原计划耽误了两天，但意想不到的好处是，在雾浓顶村，阿茸很高兴，说古久浓的牧民也要回去"闲"两天，正好是我要去的香柏林那边的山谷，明天可以带上我。阿茸这三四年基本不去牧场放牧了，牛群交给职业的牛倌，后来又由同村的村民协助照看。除了农活，他跑旅游比较多。说这话时，他刚带游客从白马雪山出来，穿着整齐的灰褐色半新夹克，和以前一样咧着嘴笑，可惜我去不成，他有点遗憾。

现在的牧场不比以前，前段的草甸还有几户牧民，翻过垭口进去山谷之后，已经没有人在放牧。古久浓的牧民也要回去“闲”两天，我不太能理解是什么意思，这里除了端午节上山玩一天，类似于拉萨的“过林卡”，并没有更多其他习俗。阿茸也解释不清，暂且搁下。

村庄的夜晚已经不像以前一般暗黑，太阳能路灯照亮了新修的水泥路，路上并没有人，如果有人，他们惯于夜路，也不需要这样惨白的灯光。二十二户人家的村子，谁家都和自己家一样熟悉。村庄传统藏房的平顶也因为扶贫项目被改成蓝色彩钢瓦尖顶。我看着略有点烦。我住顶楼，超越了这些屋顶和光线，在窗外隐约的雪山剪影中沉沉睡去。

7 月 18 日

早上村民开车来接我，同去的还有村里那吉家爸爸。他不去放牛以后长胖了也变白了，还好吸鼻烟的习惯动作让我回过神认出他来，但他说因为高血压和长胖，今年已经去转了四次卡瓦格博，大转山，已经瘦了黑了。

阿茸家媳妇次里央宗一大早给我准备了粑粑、面粉、酥油带上山，她几乎一句汉话都不会讲，笑着看看我，又腼腆地低下头整理食物。阿牛老师把我给家里带的西瓜又塞给我一个，在牧场上，这个相当好吃了。我不要，他非要给，说，你不懂。好吧，我带上。

我们匆匆告别，一辆皮卡载着人和物资离开。我们在车上讨论了关于养牛划不划算的问题。结论是如果继续放牛不划算，现金不有（当地话：没有），找不来钱就盖不起房子，电器这些也不会有。

我们从普金牧场进入，目的地是翻过垭口，徒步到扎给神山脚下，香柏林边上的高山草甸。进入牧场的小路后，开始失去手机信号，不必与什么道别，我安静地感受到一个单纯的世界。

翻垭口之前，是我常去的普金牧场流石滩地带，从东南—西—西南大半个弧形的刀刃一样的山脊，延伸出碎屑岩山体，蔓延下来，直到下方几百米后低处的草甸。往昔冰斗现在是一潭小小湖泊，它正好在发育不完整但仍可看出角峰形质的山峰下。阳光正好，有风飒然而至，同去的另一辆车上的牧民和格西走在我们之前，他们已经在湖边打茶休息，凝望不远处绿色的湖水，以及东面山谷尽头的白马雪山主峰。

我们也停车休息。同去的还有一位从印度回来的格西，盐井人，从小去了印度，现在回来还在补办证件。没拿到身份证之前，没有办法回家，就在周边的村子里盘桓。我跟格西问好，他点头微笑，递给我一块粑粑。

这个湖，这两年零星有一些游客到来，正好我们遇到，寒暄之后，指认给他们草地上的蓼科小花，以及委陵菜，这些是优质的高山牧草，川西藏区有一首流行的歌曲，歌词里唱“羊羔花盛开的地方，是我美丽的家乡”，羊羔花就是蓼科的植物，圆穗蓼、珠芽蓼这些，它们盛开的时候，正是小羊羔开始吃草的时候，所以被叫作羊羔花。

此时，这些淡粉与淡红的小花，在风中微微颤抖，数十步之外，有紫色的滇西绿绒蒿丝绢一样易碎的花瓣，更远一点的岩石上，我看到一抹天青，那是美丽绿绒蒿。

这个时间，黄色的全缘叶绿绒蒿已经找不到，它们几乎已经全部过了花期。绿绒蒿也是最近几年被追捧得很厉害的高山花卉，频繁地出现在各种旅游指南中。我乐于介绍高山植物，尽管看到这些游客摘了花编了花环。在这片远看毫无生机的褐灰色山体中，还有让人们意外的生命，而且那么美。突如其来的美可以照见人心，有时可以带给人们瞬间的谦逊。到底会不会呢，我说完就不在意了。

去年这时，在这片草甸和流石滩的接合部，我差点和一帮练习越野摩托的当地年轻人打起来，他们随意碾轧流石滩和草地的植物，把牛群追来赶去。显然他们并没有改过，前几天我看到网上有帖子批评这事，并附上了今年他们炫耀的抖音视频。如果再遇到他们，可能必须要打一架。但是我心里希望不要遇见，因为我知道我还是找不到办法来解决问题。

我到藏区生活好几年之后，才会真正意识到中国的幅员辽阔和种族多样，这些地区的地理景观和汉地的农业区极不相同，人的发展也有很大差异。我无法在任何地方假装客观地讨论深入的民族或自然问题，因为我无法漠视他们逐渐成为自己土地的局外人那种内心的惶恐。如果我的德钦藏话好一些，我们就会因为语言有更深的交情，显然我还没有真正发展出对这门语言的需求，这其实就暗含了我们很难真正对话。

沿着简易车道，牧民把车开到垭口上停下，再顺着流石滩的陡坡迅速跑回刚才的湖边北面陡直而下的山谷，他们要去把牛从那里赶上来，让它们翻越垭口。今年雨季来得晚，这雨刚刚下了一周，对于城里人的影响，不过是松茸一直都没有上市，据说这周新出的松茸价钱两千块一斤，听起来很惊悚；对我而言，是花事来得晚，各种花看起来植株也比较低矮；对于牧民而言，是牧场的青草出得慢，平常可以放任牛在牧场上自由来往，今年他们需要赶着它们多换几块地，以免小牛长不好，以及同一块草甸过度消耗。气候变化对他们而言，直接影响生产和生活。

灰褐色的碎屑岩山体，尖利的石头中有我的老朋友，三色紫堇和乌头算是早开的，无毛寒原荠、蓝色和紫色的好几种绿绒蒿，以及马先蒿随处都可以见到。我坐在花间空地，看他们赶牛，三个人合围，低声吆喝着，捡起并扔出小石头，控制牛群的方向，指挥一大群黑牦牛从谷地爬向垭口，尘土飞扬把牛和人裹成一团，仿佛有一根无形的绳子画了一个包围圈，但整体移动速度很快，顷刻就接近了垭口，任谁都看得出他们都是牧场老手。这让我肃然起敬。你拍吗？他们竟然停下来，控制着牛群问我，我摆摆手。你看，无论从哪方面来说，他们都是极聪明的人，只是无意展露这一点。

接着，他们把牛赶过垭口。这些牧民从未想过要离开这样的生活，在放牛还没有变成“没有出路的脏活累活”之前，至少最近两三年之前的几十年，他们都未曾动意去衡量过。这些工作是他们的父亲、父亲的父亲都做过的事情，祖祖辈辈都是。我听说过的谁谁谁，那些在村里被称道的人，往往因为放牛很好被认为很厉害。

这和那些骑摩托的年轻人不一样。年轻人觉得留在家乡干体力活不算什么有前途的事，工业化的教育已经让他们为“去某个地方”以及“一辈子要干成点有意义的事”着迷。显然放牛的工作不在其中，虽然牧民上下陡坡的飞奔技巧超过他们的摩托技巧许多。悖论是，大多数年轻人都同时宣称热爱这片土地，并且以他们父辈完全听不懂的方式在议论它，老年人不懂得这种“热爱”，没有“文化”，陷入到集体失语中。有些年轻人靠带领“外面的人”到处欣赏这些高山、湖泊、牧场来谋生，依据旅游的口味，把这里形容成“诗和远方”。有时候，他们也会为一两句对“文化和宗教”的误解而激愤，和“外面来的人”争得面红耳赤。

我打量着周围的一切，这片土地真是神奇啊，它们是牧场，是“葩依”(意为父亲的家乡，这个我稍后会说)，是越野摩托族消耗青春荷尔蒙的基地，是游客的风景、山川、诗和远方，是我的荒野和天空花园。我们都不能完全代表它，也无法说清楚真相，我们显然生活在平行世界中。

翻过垭口，我顺手抓拍了几张牛群飞奔过山嘴的照片，但是都糊掉了，这并不会使我懊恼，因为这情景记在了我的脑中。我们从一个世界走进另一个世界只需要十来分钟。刚才的牛群又从山脊冲下来，到达一处U形草甸——它们下冲的速度和灵敏度看起来像一群藏獒而不是印象中慢吞吞的笨牛——它们就是人来疯。两头公牛忽然毫无征兆地开始打架，我们就停下来看。母牛生育期内它们老是干这个，并决出胜负。两头牛打了四十几分钟，我们就看了四十几分钟，云朵从高空流过，没有人理它。我坐在地上，习惯性地拔一根草在嘴里嚼着，转头发现好几个人都是同样的动作。

打架的这块 U 形草甸不大，从西北方向跌向另一道急陡的岩石山脊，它正因为背光而呈现深蓝的色彩，有一些不知名的矿物质隐隐在发光，山脊后面，又是一重更高更宽厚的赭红色石屏，它在偏北之处转向，未被遮挡的部分在阳光下火热，这让斗牛场的背景非常壮丽，空气澄澈，我能看到两头雄壮的斗牛颈背的毛都立了起来。五位牧民和一位格西，他们不着急、不助威、不交谈，观战的其他黑牦牛——基本是母牦牛，也不作声，只听到牛角不断撞击出咔咔——嘭嘭，嘭，以及粗重喘息的声音，一切当时，恰如其分。

我感觉到一种天地与人、动物贯通的力量，它从土地上升起，从天空中落下，合而为一显示在牛的背脊上，从牛角开始一波一波由颈脖传递到背脊的肌肉的流动，这流动同时击中我心，太他妈炫目了，我稍稍有点承受不住，觉得必须主动让心神撤退一点。我转眼去看了看草甸上菊科和龙胆科的植物，它们有着明媚的黄和纯粹的蓝。其中一株柴胡叶垂头菊，伸了极长的纤细脖颈，又含羞低下金黄的花盘，把它浅浅的目光轻轻放回到自己身上。

胜利的牛留在牛群里，输掉的那头自己去单独过活一段时间，找到合适的机会再重新回到牛群中。

接下来我们沿着盘山路往下，这是一条更长、更大的宽谷。这个区域保留有第四纪冰川活动中遗留的大量冰川地貌，这些宽谷都是古冰川的槽谷。角峰发育虽然不完善，但是不规则的三角形山峰、锯齿形陡直的山脊，结合灰褐色的流石滩，看起来仍然有史前地貌的明确特征。一条溪流从角峰下流出，结合了从沿途山脊留下的其他小溪——它们的上游，从那里远远看过去，山脊下有两三个蓝绿色的冰碛湖、若干大小瀑布，而溪水沿着宽谷从东南向西北，又转了几乎九十度，折向东面。我们经过矮杜鹃丛，下到谷底，沿着溪水走，海拔从 4600 米降到 3700 米，黄色的锡金报春正沿着小溪热烈盛开。

在报春花、高原毛茛开得最盛的溪流拐弯处，有十来匹马在喝水，其中两匹一般高矮、颜色为白的俊俏马儿在“交头接耳”，它们没有躲开我的镜头，但也没有让我知道交谈的内容。我们再一次停下来。休息，休息，那吉爸爸带着藏语发音的普通话，让我想起小时候看的动画片《一休》，一休也经常说，休息，休息一下吧。所以我们坐下来休息，溪流在一边唱歌，阳光在圆石头边的水纹上跳舞。

春水蓬勃在 5 月融雪之时，此时是一年中第二次的水量高峰期，主角是来自季风从远方海洋带来的雨水。雨季的持续降雨，广袤地洒落在草甸和森林，促使草木持续繁盛，其中的牧草油亮，富有营养，提供必要的食物给人类饲养的牛、马和骡子。在更高的山峰上，雨水则变化成雪，补充到冰川的储水库中。到处都充满了生的力量。

那几个牧民消失了十来分钟，他们去林间带回了另外六十多头牛，六十几啊？我问。不知道啊，新的小牛有喽，他们回答。雨季来得晚，怕新出的草营养不够，他们带来了糌粑，和盐井的红盐混合，一坨一坨喂给母牛。小牛不认生，瞪着无辜的大眼睛期期艾艾地跟在他们的脚边。我逗小牛，来呀，让我给你一口盐，再给你一个名字。

这些牛也是祖祖辈辈生活在这里，这是它们的夏季生活地。夏季指的是 6 月到 9 月，通常它们可以独自在山里生活一段时间。传统的放牧就包含这部分，牛群经过几百年的培育，已经完全适应这里的气候、水和植物。它们可以熬过恶劣的天气，在春季的末尾生出小牛，延续下一代。牧民也可以出售其中的一些，牧民可以守着牛群，每天挤奶，三五天做一次酥油和奶渣，提供给家庭和寺院；如果需要生养更多的小牛，也可以把牛群单独留在山里让它们自己管自己，生孩子养孩子，母牛的奶就要留给小牛，隔几天还会来喂一次糌粑这类的营养品。等小牛大一些可以吃草，再开始酥油奶渣的生产。

我记下这一段，并非因为什么民族文化传统，放牧这样的事情在这个星球各处可见，在全人类身上曾经反复发生，并非只在这里。在这事普遍且寻常的时候，养活了一些族群的祖辈。他们靠牧场和牲畜生活，爱恋牧草和羊羔，为它们征战洒血，用诗歌和音乐歌颂它们，死后把灵魂放在这里。在这种生产方式末期将至之时，才被关注，被完全不会干这事的人们提上各种研究课题。我不够了解牧场，知道的只是支离破碎的信息，我记下来，不过因为它恰好正在进行。文字是个奇特的事物，它记录某一些发生，又因为记录的选择性，凿凿其词屏蔽掉其他的可能性，最后创造了一个只是有众多元素参与的新事物。

我们又一次启程，游游晃晃本来就是我的习惯，停多少次都无所谓，前方并没有事情在等待我，或者说，前方和此刻是一样的。除了那吉爸爸跟我熟识，其他牧民在行进的途中逐渐想起我，某一次我们一起喝过茶，家里拆房子我买过老木头，或者我们共同参加过某一场婚礼或葬礼，见证过某一个孩子的出生。他们之前在吃饭、喝茶、行走、爬山甚至等待中观察我，现在这些逐渐想起来的事，更成了加分项，我知道没有人不满意我。我一向都不在意别人，但我在意他们，这是他们的土地，他们有资格骄傲，虽然他们无意如此。

当我们到达目的地的时候，两座牛棚，他们让我先选，同时也邀请我可以和他们住在一起，我喜欢独自一人，选了大石头边上一间小牛棚。在这之前的行程里，我们走在我梦想过的一片古老巨大的香柏林纯林中，整日的阳光给香柏林升温，不可阻挡的香味从林间溢出，弥漫了整个山谷。

我生了火，但没做晚饭，隔着草甸，看他们去找菌子了。一会儿，他们果然邀请我，这是牧场的礼节。我带了一点熟食过去。刚进牛棚，明暗对比太强烈，一下子看不清，差点绊倒。我喜欢这样强烈的身体感觉。火塘边是头发编成辫子、发尾缠着红缨的叔叔，他拍拍身边的叠成坐垫的旧羊毛毯子，示意我坐在那里。他身侧的木板床，铺就得最整齐厚实，格西坐在上面。我有点不好意思，觉得我应该坐到另一侧去，他们在我还没有开口的时候就打消了我的念头，并且倒了一大杯青稞酒给我，阿拉通，喝酒啊。今天的菌子好得很，但是花椒忘记喽，那吉爸爸说。花椒是当地藏民觉得可以解毒的调料，任何菌子只要放了足够多的花椒，都吃不坏。粑粑在火边的石头上烤热，就着辣椒加上琵琶肉炒的野生菌，一碗青稞酒，没有比这更好的了。

我带了一本书过去，《野生观赏植物》——是这个区域的一本植物观察入门的专业书籍，按照西方植物分类学的结构编撰。我带着它，吃完饭后，正好问问大家，那些花儿，在当地话中叫什么名字，又是什么意思。归根结底，这里也还不是完全的荒野，这是人力参与的土地，人、动植物——包括驯化与野生的，人们用他们几百上千年的行动，一起来定义。

雾浓顶村二十一户，古久浓村五户，这二十六户人家，是这几条山谷真正的拥有者。一代一代的人依靠来这里放牧维持生活，出生、成长、结婚、生子、死亡。经历简单，人人都是沉默的无名小卒，没有留下什么可以用来证明他们曾经生活在这里的书面记录。

历史对他们不算善待，就今日而言，注重轨迹与实证的方法下，如果有书面记录才定义为历史的话，这里的记录显然是微不足道的。所以他们被认为有过去而不一定有历史，而过去被认为是存在于故事和神话中。现实可以不赋予他们确切的历史，但是我不能不带着时间的维度去看待这片土地和这群人，否则放眼看去，不过是简单的表面。这些由普通人创造出来并保留至今的景致，是他们劳动的土地，但是在新的使用价值面前，将被漠视和一笔抹去。这是小人物的命运。我也懒得跟这个世界讲道理，我喜欢，就来简单记下一些植物的特殊用法和特别的名字。

格西和红缨叔叔先给我讲，红缨叔叔最年长，已经七十多岁，他这一生都生活在这片山谷中，他不会讲汉话，有点害羞，我也为我不会讲德钦话感到抱歉。有时候他和格西讨论，格西和其他牧民就翻译给我。我们用云南方言，夹杂一些普通话的词语沟通。

火烧得很旺，噼噼啪啪，讨论和翻译者随时交换。

我们讲云南话和普通话的时候，红缨叔叔就在一边安静地听。我知道他在观察我，我看向他，他就朝我微笑，举起酒杯。其他的人同时在用藏语聊天、讲笑话。我很高兴他们没有注意到我的青稞酒喝不完。我们喝酒、聊天，一两个人忽然在其中哼唱起一些歌谣，有的我听过，有的不知道。

书中的植物核对得差不多的时候，我也讲了一个笑话，当然是汉话。说那吉爸爸以前在牧场的时候，就一直叫苦，头痛脚痛风湿痛，这里痛那里痛，现在不放牛，回家养得白白胖胖，我都认不出。他现在每天干的活只有一个，就是守着家里的电视机不要被偷，其他什么也不用做。那吉爸爸咧开嘴大笑，确认我们是十多年的朋友，我这个笑话讲得合适。其他人有的翻译给红缨叔叔，使他大笑，有的就接着我的话继续损他，发展出类似电视机没有被偷、孙子孙女走丢了的事。

那吉爸爸说，我就是家里的中柱。中柱是什么，以前男人要为一家人负起责任来，一家人要养活，现在儿子开沙场了，他可以挣钱，我老了，中柱的意思现在就是不能倒，好好地在那里立着——他说的时候比着手势拖长声音，好像面前就有一根中柱——中柱不倒，一家人就不会散掉，所以我把自己管好就好。他以此结束了大家的玩笑。

藏族的房屋和传统中国建筑一样，梁柱网络和夯土墙体是分开的，柱网单独支撑梁和屋顶，中柱是其中最重要的一根，也往往是最粗的那一根。火塘、中柱构成了世俗生活的中心，也是一个家庭的全部。底层是牛的居所，中间是人的生活空间，顶层则是佛堂。屋顶上有烧香台，通过煨桑把一家人连接到天地神的空间，这就是世界的全部。

在场的人都是六七十左右，虽然他们今年赶牛的精湛技能和超强体力让我忘记了他们的年纪，但此刻他们似乎逐渐谈到了与死亡相关的话题，格西也和他们一起讲笑话。人们不再给我翻译，但我了解，有些死亡的传统和教育就是在这样的笑话中默默传递。

我借口困了，离开了众人，沿着小溪的方向慢慢走回家。

印第安人认为一个人不会真正属于一个地方，直到你有亲人在那里死去，而你为他伤心。伤心是对他这一生的赞美。你的伤心会让你献出一部分灵魂，一些给予死者，一些给予大地。这时候，你才真正属于那里。我相信古老的族群都会有这样类似的说法。从这个意义上讲，我就是一个过客、一个来访者，不便打扰这么深沉的话题。

7 月 19 日

昨夜火塘的余灰还没有凉透，天光亮起时我哆哆嗦嗦地起来，串几根松柴，吹一下，火苗高上。其实还早呢，我又缩回睡袋待着，看蓝色烟雾从火塘蔓延到屋顶，在屋顶下找出路，一部分正从木板缝隙中溜出去。我知道它们在遇到室外的冷空气后，将被压低盘旋在牛棚上方。牛棚衬着青白色的晨霭，潮湿的森林，以及东北方灰蓝的石壁，如果镜头再退一点，前景中可以加上之字形的小溪——此刻它们应该倒映出天边一片暖色，好了，“咔嚓”，一张标准的风景照片。我不想玩这些，我懒得拍。

我在睡袋里，看另一部分烟，它们此时正准备开始和屋顶木板缝隙刚刚射进的阳光游戏。阳光将穿透它们——如果没有这样蓝灰的烟，我就不能看到光的箭，我数了数，18 道，然后它们继续变幻，19、22、16……我愚蠢地想着，不分长短变化，调整计数方式，可总是数不清，总是一团乱。在一个局部空间，你不能数清有多少道光，这是意想不到的挫折。我一直负气地计算，直到我颓然无力。

光箭的出现和数量，完全被烟所控制，而烟的方向和变化，连它自己也不能控制，它由火和潮湿的空气所生，但火和空气说，它们也不能控制它。我在数某一个数字的同时，它就可能不存在了，这美丽的画面就是一个幻象，它又由层叠的幻象组合拼装而成。

我看入迷了，另一路思绪想起在白马雪山保护区的木屋。窗户上整齐的木栅栏，黄昏最后的光线也在屋子里跳舞，但是方向整齐一致，像光的竖琴。我十个月的儿子也被摄了心神，他在地上来来回回地爬，伸手去拂过那无声的琴弦。我们都不由自主地被美丽的幻象吸引。

我颓丧地放弃了，把自己弄起床，煮了一杯牛奶、一个鸡蛋迅速吃喝。昨天说好了，要和牧民一起去另一个草地“闲”一天。我仍然没有明白其中的原因。

我从自己住的牛棚望过去，西面的另一个牛棚正沐浴在最初的晨光下，蓝色的烟果然从木板缝隙中升起，不过是间歇和少量的，说明屋子里的人们已经吃过了早饭。屋后还有一柱上升的烟隐约的样子，他们早上煨桑，那桑烟竟然没有完全散去，它被冻住了。哦，原来那个牛棚边上有煨桑台，我这边好像没有呢。

十点左右我们出发，沿着小溪下行，弯来转去，我也不由自主在脑袋里转来转去地画地图。这条山谷和我们刚进来的普金牧场山谷是几乎平行的，也是西北一东南向的，只是它在外围，而这之外还有连绵同向的山谷，每一道山谷的谷底都是一道清澈的溪流。

以昨天中午我们所在的湖泊为圆心，如果它是落在世间的一滴绿色水珠，山谷的水流就像是一道道水波的涟漪，西面和西南的山嘴挡住了它们的同心圆，使它们散漫地朝着东偏北散去。如果我放弃这样的想法，以山峰和山脊为主体，在局部的范围内，那这自然是以最高垭口为中心从西南往东北的伞状分布，从空中看来，是树叶叶脉一般的存在，几乎平行的叶脉，就如大花四照花的叶脉序式。山脉的脉，水脉的脉，也是叶脉的脉，人们的身体，古老的中国人会说体脉，今人讲脉搏。这都有着共同的内涵，水汽、热量以及实质性的物质流动，这是生命的象征。

沿途我们经过了香柏林的纯林，沿着西北侧的山脊，逐渐上山走向香柏林和冷杉的混合林。它们那么美，柏树枝丫上扬，像在扮演精美的烛台，而冷杉则舒展着嘲笑它的笨拙，柏树又以浓烈的香味回击它。锡金报春继续开在小溪边，草甸上开花的是蓼科和毛茛科植物，林下是老鹳草、黄堇、龙胆科的椭圆叶花锚——椭圆叶花锚如同它的名，正飞扬起锚，要脱离枝叶及土地的羁绊，航行在我所不知的空中水道里。

叫不上名字的直径两三毫米的小龙胆花，它们在最不引人注意的草丛中睁着小小的蓝色花眼；而尼泊尔香青，精致层叠的白色纸质花瓣，是远离繁华的山地女儿，能和它媲美的，只能是身侧同样白色的火绒草，花茎和花瓣因为细茸毛的点缀，有了温厚的意向，在欧洲，它以 Edelweiss 的名字被人们传唱。在过去的时光中，这两种花都被藏族人制成火绒，在行走高山和原野的路上，在鼓风的羊皮囊子下，点燃起起伏伏的火苗，成为暗夜里的歌。我爱这朴素的美。如果道理不能说服人们留住森林的话，希望美和浪漫可以。

那吉爸爸从杜鹃灌丛、小檗灌丛里找出一株贝母，顺手拔出来，把那颗小小的鳞茎递给我。你吃你吃，补一下，这么重复搞了几次，我一再申明我不用“补一下”，他才罢手。是不是我们汉族人都喜欢“补一下”？我问他，他笑，说汉族藏族都一样，只不过以前只挖自己吃的，现在要卖，挖得多贝母就越来越少了。

有一年冬天我久咳不愈，阿茸有天把我叫去家里，用酥油煎了一碗贝母让我吃，立时便好转很多。如果我把人真正也当作自然的一部分，人们在自然中获取适当的食物与药物，就像猴子吃树叶、兔子吃草一样。不过猴子和兔子数量受自然的制约，它们只取所需，不需要交易。

在香柏纯林变化成混交林的时候，我们在树下休息，唐松草从那吉爸爸和红缨叔叔的背后伸出细长的茎，轻轻地在风中摇曳它们青白色的有着垂丝的小花，给这些粗犷的男人带来柔美的心情。同样有着白色花朵的大花刺参，管状花在花冠部分微微裂成伞状，它们好几株一起聚在林缘的干地上。红缨叔叔“年轻”的侄儿坐在一侧的灌丛边上——他也五十多了，他好像知道我的疑问，他不需要问我，他直接做了回答，用他们惯常简短的云南白话——我家叔叔，他牧场上习惯了，家里面在起，睡觉丢了，昨天回来，晚上睡得相当好哦。我们都大笑。

我忽然明白了。明白这种事总是在某个瞬间突然到来，而且我明白别的什么比明白我自己总是更多一些。红缨叔叔咧嘴笑得很开心，完全不在意他的缺牙，用他粗大的手指擦去不由自主流下的几滴眼泪。他跟我点头证明。

我们边走边聊天。所说的话题无非以下：

1. 阿老（指红缨叔叔）72岁了，他太老了，放牛放不动了，就喊他在家里好好地在起（休息）。他心里不舒服。我们这些人，从小这里在起（“起”是语气助词），几岁上，十几岁上就来放牛，祖祖辈辈，阿爸、阿尼(爷爷)、阿尼的阿爸都是这样的。这里就是家乡一样。现在老了放不动了，每年不回来不舒服。——他们用了一个词，“葩依”，德钦藏话，意思是“爸爸的家乡”。

2. 牦牛不迷路，三月份赶到垭口就不消管（当地话：不需要管）了。它们自己会找吃的，吃掉一片又找下一片。它们也是从小这里在起，随便哪里都熟悉得很。它们上讲，这里也是家乡一样的，时间到了不来，牛上也不高兴（“上”是语气助词)。

3. 每个人都是一样一样的，有一天被喊回去了。我们的说法，人要回去的时候，要到他以前经常去的地方再去走一趟。所以雾浓顶啊、古久浓啊、叶日啊，如果有人死掉，牧场上的人都听得到，他们会回来到处走走，肯定来，咕噜咕噜的声音。——我好奇，为什么是咕噜咕噜，不是呱唧呱唧、巴拉巴拉、滴滴嘟嘟，或者别的什么声音？——大部分嘛，咕噜咕噜，他们说。我笑得喘不过气，他们不理我，用藏语飞快举例，说谁谁谁回来过，谁很不老实，谁回来跑得飞快，然后相互打趣谁先死，如何回来恶作剧。

4. 以前放牛是累的，忙得很，挤牛奶、做酥油、砍柴、找药材，自己上还要做饭，累的，有时候不想在（牧场）。现在挣钱地方多了，放牛不来了，家里面闲起，有时候又想，想啊，想得很。家里面舒服，电也有水也有，什么都不用做，舒服得很，但还是想回来“闲几天”，一直就这么想，一直想啊，睡不着。就一起回来。

我了解了。直白单纯的，对土地的依恋，并不会特别诉说。

这个世界上，总有一些人寡言少语，看起来鲁钝，把他们的爱与哀愁层层包裹，是外人轻易发现不了的。相比我们都太机巧。

我看着红缨叔叔，他果然太老了，我们瞎聊的话到他耳朵里，只是飘忽的单音。他沉浸在平缓的过去中，眼底偶尔有难以察觉的情绪。他是带着将来死亡后旁观者的心情，来看一看灵魂即将要走过的路。我看着他，庆幸他不必过久地待在这个灵巧的时代。他将完整地离开。

我们很快就到了他们昨晚所说的“最漂亮的地方”“最好在的地方”，从景观看上去并没有什么特别，就是U字形的一块草甸，三面被冷杉林包围，一面开口朝向溪流远去的东南方。连草甸上开满的鲜花也没有什么特别。但是，我也立刻了解了他们想要来这里的原因。因为静谧立刻包围了我们。这整条山谷的牧场，都在溪流的边上，日夜流淌的河水带来日夜流淌在耳边的声音。而这里在高处，如果不是刻意倾听，几乎可以忽略。

你听，安静啊……什么也没有……那吉爸爸说，他抬起头眯着眼睛晃悠，就像一个诗人，然后我们就一起听“安静”。

我们坐在草地上，傻傻笑着。你听，任何声音都没有。我是说我们人类能听到的那些。

一切对话都消失了，我们来到这里，在猴子跳过枝丫的森林，在獐子、狼和熊居住的森林，除了本地留鸟，候鸟都不会发现的隐秘之地，最熟悉的牧人才带着牛群在夏日生活的草甸。此刻，风也没有引起骚动，我们的思绪也很平静，一切都随着安静的到来消失了，或者说随着一切消失，安静到来了。

“安静”持续地待到我们搭帐篷才离开，我们快乐地搭起一顶夏日的帐篷，先遮阳，后来遮雨。“安静”也让我们必须要下到山谷走不算近的距离才能打水回来做饭。我们简单地吃了粑粑、酥油茶、一些昨天带来的熟食，我发现格西带的奶渣是我喜欢的，我猜是古久浓的牧民按照盐井的做法特别做给他的——盐井的奶渣是芝士一样Q弹的口感，和德钦的絮状奶渣完全不同。格西给我很多，我接过来大吃。

他们聊起了猴子，又聊起了黑熊和獐子，说起以前打猎的事情。有人跟格西询问以前杀生那么多怎么办。我似听非听迷糊着，想起一首山歌，是寿国寺的曲尼活佛唱给我听的，曲调悠长。我不会唱，只能念出来：

獐子嘛死在草地上

麂子嘛跑来哭一场

问你麂子啊为何哭

不同父母呢同草场

……

草地上一如既往地开着各色花朵，不一样的，是粗茎秦艽很多，牧民常年在雨季时的牧场放牧，秦艽的根正好可以治疗他们的风湿，大自然的平衡于人类有着慈悲的一面。而林缘站着不少的大钟花，和前者一样属于龙胆科，我喜欢它们淡绿色的花朵，我想起母亲种的绿白的茉莉与绣球，以及秋天的绿菊，都是特别的存在。

我们的聊天好慢啊，有的没的，时间在山谷里绕来绕去绕不出去。空气中升起草木的芬芳，笼罩了一切，不知名的小鸟啊，它的羽翼太稚嫩，无法挑动万物的微醺。

终于，“安静”清晰地又回来了，带它回来的是晴天云层里忽然洒下的雨，嗒！嗒嗒！嗒嗒嗒嗒！雨点打在帐篷顶上，很清脆。天空不知道为什么，在下雨之后才意识到应该呈现灰黑的景象，所以它迅速地变了，雨也大了，“安静”也更多了……

我忽然说，呀，雨下大了啊。那吉爸爸回我，下得再大也不用你提水上去倒，众人大笑。格西尤其开心，他有我不能及的深不可测的真挚。我在他与牧民的交往中，看到他一面温厚地融入，一面悄然地决裂。

从香柏林蔓延到这里的浓烈馥郁，须得这样突然的阵雨才能穿透，冷杉林中的清冷也顺势向着草甸流动起来，来之前它先混合了高处流石滩的寒彻，世界重新变得清明。大家好像都在看雨，又什么也没看。

“像这样的舒服，以后怕是不会再有了吧。”我笑眯眯地回头，并没看到是谁在说。

我们今日越过山脊，来到这旷野，到底是要看什么呢？我们从昨日来此刻，深林之深处，到底是来干什么呢？如梦初醒，又似醒似梦。

今日发生之事，除了以上，还有如下：

下午 5 点 12 分，当我回到牛棚，去小溪边打水，那群马正从我的牛棚前飞奔而过，去往香柏林。十来分钟后，显然是它们在香柏林转了一圈，再绕回到我的门前，这次好奇而缓慢，并停在门口张望。我看清了领头的是一匹棕色大马。我问它们，你们是嵇康的马还是曹植的马，它们不乐意回答，弃我而去，那就是算是庄子的吧。如果是在我们四川，它们会说，老子是老子自己的——我发现自己的无聊笑话逗得自己很开心。

6 点 50 分 23 秒—49 秒，最后的阳光在东面的灰蓝烟雾中打出了 11 条追光灯，我数清了。一次足矣，下次不玩了。二十几秒种就耽误了泡面的口感。

8 点 10 分，最后一抹红光照耀在东面山峰，一层薄雾在红光下，把深蓝的石壁变成灰蓝。

我穿着夹脚拖鞋在草甸上飞快地走，一圈一圈地游荡，不知道为什么那么开心。在香柏林边上看到一草圈肥嘟嘟的菌子，我吃饱了，就饶了它们。

8 点 15 分，两朵红云一起拜访了扎给神山，顷刻后等我再抬头，发现它们已经散去。太快了。

夜露不知何时已起，微凉。

8 点 29 分，我拍下了蓝色烟雾正在穿透屋顶的木瓦片。木瓦片的颜色与肌理，经历阳光、雨水、霜降、冰雪之后，无法形容地好看。我同样无法形容的，是柴烟从白色到蓝灰的渐变，轻、沉、涩、滞，疏离又回旋的气质。

8点35分，我回到屋子里，莫名打翻了高压锅，半锅的水倾倒在火塘里，白色的灰烬顷刻纷纷扬扬，四顾茫然时，头灯恰如其分地扮演了舞台追光灯。这是一场突如其来的雪，下得紧，而原上并没有人迹，恰如归途。

7 月 20 日

半夜被雨滴打醒的时候，是 2 点 30 分。

牛棚多少都会有些漏雨，甚至村庄的房屋有时也会这样，雨水并非和人类生活对立，不会引起对生活品质的绝对考量，不会被认为是必须排除在家之外的东西。不漏雨、温暖、稳定安全的居所，是农耕定居文化的需求。安得广厦千万间，这样的句子不大会在游牧和半游牧的族群中出现，对他们而言，家的概念有时候是“妈妈的羊皮袄”“爸爸的黑帐篷”，这两者都可能会有点风雨。

我来之前就知道这里差不多三年没有人常住，缺乏修缮，漏雨在所难免。但还是忍不住对着虚空中的谁，发狠骂了两句。本来以为盖上一块塑料布可以接着睡，然而不行，漏雨的地方太多。爬起来先收拾了书本和相机，穿衣服戴头灯，看清楚板缝，滚去屋外整理木瓦片，天黑尽，无风，大雨直接砸落。重新铺瓦片、铺塑料布、压石头……折腾半天还是不行。只好迅速立刻马上搭起帐篷，把自己丢进去。印象中只有电影里的逃亡者，以及恳求爱情回头的人才适合遇到这样的大雨。

早上就赖着不起来。阳光进来跳了一会舞。不知道什么鸟闹喳喳找食，一只、两只、三四只。天高景澈，冷杉徐列，默默攀爬至石壁危岩的最高处。

那吉爸爸他们过来找我，问昨晚怎么样。见我搭起了帐篷，毫无同情心，咧嘴笑得很灿烂。

他说本来他们要再去山腰的湖边待一天，格西说还会下雨，就打算今天离开。离开之前要帮我搬家，另外那个牛棚“比较不漏”。哈哈，我比较不会相信这个比较。那么就搬。我是个流浪者，买不起房子，所以也不在意文明世界的住宅标准。

他们不用我打包，几个人比拆迁办还快，哗哗提着裹着各种东西，十来分钟就搬完。然后十来分钟收拾他们自己的东西，再十来分钟走得干干净净，再见都不说，除了留给我的一袋菌子。

我抱着这袋菌子坐在牛棚边上的一个没来得及劈开的柴墩上，还在懵懂之中。空空之间，马群又跑来了，马群又跑走了，不知何故神经地在草甸上疯跑了两圈，停在离我不远的地方。看热闹吗？我的目光也跟着跑了一圈，我的脚也不知何故地去跑了一圈，两只脚去追我的目光，还带着我的夹脚拖，直到裤脚都湿了，冻彻脚踝。我停下来，确认四周并没有别的什么人，呀，我一个人了！

我一个人了。我心里神经病一样地高兴，忍住不说，反正也没有人可说。但压不住眉飞色舞。

人类抛弃我的时间不会太长，而我的能力只够我抛弃人类短短一段时间，一段时间的意思就是三五十天，我胆敢真放逐自己直至永远吗？不敢不敢。

观察漏雨的地方，修理木瓦顶，打扫屋子，归置各种物品——松明、火柴、蜡烛要单独放好，铺床，重新生火，去小溪打两桶水；烧水的同时，去原来的牛棚，抱一些干柴回来，检查屋外砍好的木柴，选一些粗壮的——它们已经湿透，架一部分在火塘边缘，我需要随时准备好两天的干柴。

做完这些，我坐在火塘边上，满意地给自己冲了一杯速溶黑咖啡，并认真忽略了“速溶”二字。然后仔细洗土豆，切成小丁，洗胡萝卜，切成小丁，牛肉干巴懒得洗，切成小丁，炒锅烧热上油少许，把它们慢火煸香，翻入高压锅，加上洗好的米，水量要比平时稍微多一点，这样，焖一锅土豆牛肉饭。我把黑胡椒找出来放在火塘边，提醒自己吃之前必须加一点，可惜昨天的奶渣没有了，否则可以做个藏族版“芝士牛肉焗饭”。

慢腾腾地吃完饭发现才十二点多。这是魔法降临的日子，它首先变慢了时间。从昨晚暴雨开始，我没再听到溪流的声音，此时又慢慢回响起来，小溪流过了半日，没有变化，它也不存在节点。山谷上方没有风，没有流云，林间没有雾霭，树木与草叶停滞，不动、不生、不呼吸，跑得最快的是马群，可是它们疯跑了两圈没了踪影，跑得慢点的我，也早已停下来。时间失去了生命指征。自然的画面一幅幅流过，24 帧、12 帧、10

帧，从我的眼睛看出去并没有区别。没有什么动的事物，山谷的寂寞和我的寂寞相遇，但是它们又止步于我们的心不在焉。

我的目光不用炯炯的。在那个熟悉的世界里，虚假的紧迫感包围着人们，现在多好！我乐意沉醉在这样的世界里，没心没肺，不用有任何意义和目的，我简直就是急迫地期待着自甘堕落的机会，等着快点快点，跳泥坑。眼神也不必聚焦，不用酒我就醉了，最没有意义的时间最不动声色。落帆。连锚都懒得抛。装睡。装睡其实睡不着。眼睛微闭着，窥探光线的明暗与颤动，借此略微感知时光。它们像小时候躺在河底看见的河面上方闪烁的光斑，它们那么温柔，带着被允许的不确定，何时人们也能把它变成一道鞭子、一记耳光。

我又坐在柴墩上晒太阳，太阳似有似无。我不在意。

我坐在整个世界里，我坐在世界和宇宙的中心，我的每一次呼吸都牵动着星际深处最远的那颗星。它太远而被认为黯淡无光，人们不知道它不需要显示有光，它的光在我的眼睛里。我喜欢，世界就无事，我安好，世界就安好。

然后忽然我就不太好了，情绪起得猝不及防。我想起红缨叔叔，内心丢盔弃甲，忽然就大哭起来。他来看他灵魂的归路。他好像我熟悉的阿尼——阿牛和阿茸的爸爸——阿尼也是盘着红缨的辫子，他的一辈子也有大半在这条山谷里穿梭。我想起了他们，万物都悲伤。

我回到他家百多年的老房子里。窗外呼呼的风，火苗的影子跳动在老旧的羊皮垫子上。我们坐在火塘边喝茶，我们坐在火塘边揉糌粑，我们坐在火塘边，用一个缺角的、旧时熨衣服用的腰鼓形铜块砸核桃——核桃来自低海拔红坡村的亲戚，他砸好了，用粗裂的大手揉去了皮，吹一吹，递给我。阿尼的手，有着大地一样的深刻纹路，但动作精细，从来不会像我一样砸得稀巴烂。他不说话，他不会汉话，他没那么多话。这个世界对他而言没有什么特别要知道的，也没有什么特别要表达的。

我以为会这样一直下去，我去看阿尼，跟他坐在火塘边，阿佳（奶奶）和次里央宗在一边安静地打茶做粑粑，阿牛兄弟俩有时在，有时不在。火塘的烟淡淡升起，在到达屋顶之后，一部分从烟道出去，一部分折返在屋檐下回旋，阴雨的时候，烟浓重一些，更低地笼罩着我们。我以为时间是被锁在这里的。忽然有一天我参加了他的葬礼，看他被葬到澜沧江中，江水意外的浅绿，平缓如丝带。

我清晰地想起阿尼的容貌和身形。我年年往返这山谷，我一直不知道，他的灵魂回来这里转过了。我怎么能不知道呢。

我大哭一会儿，阳光彻底离去。其实我心里还是开心的，知道自己会怎么死是一件不错的事，大多数时候大多数人都无意识地死去了。这山谷忽然变成一个纪念的墓地，他们也许寄托了一部分灵魂在这山林可见的蓬勃生命与不可见的微尘中，我们可以在那些美妙的事物中找到那些过往的人。

人类是从什么时候开始知道死亡这件事？三万年以前吧，据说考古发现三万年以前的墓葬中，已经有为死者提供的用具，以帮助他在另一个世界的生活和旅行。就是说，人类思考死亡已经三万多年了，并且从那个时候开始，即使在意识到无答案的情况下，也不放弃那些使人不陷入绝望的种种说法。然而我们依旧不知道最终答案。活着去思考死亡本来就是一件滑稽的事情，是通过假定话题的对话来证明活着。人类还未曾真正知道生命是什么、死亡是什么。

基督徒向往死后得永恒，墓地的骷髅代表死亡，天使同时给你安慰；道家说认天命，服从它让灵魂安静；庄子认为人同天地，顺应天地的变化可以免除快乐和悲伤；汉以前中国人事死如生，向往西王母昆仑山上的瑶池；佛教进入后，告知大家求下一世轮回、证悟与解脱；儒家一直以孝和礼维持宗族血脉绵长，以此延续生命。萨特冷冰冰地告诉你生活毫无意义。

我不能对死抱以无所谓的态度，像大多数人真实的状态一样——有时候人们对死亡的恐惧让他们无法接近真相——然而我也不知道应该抱以怎样的态度。

我知道我们所有的生活都是和死亡在一起，我们所有的爱，所有的悲伤，所有的努力和不得，我们所有的思想或虚无，死亡都与其陪伴。人生如寄，陶渊明这么说。很多人都思考过，我行走在这种种思考中并无任何新意。我曾经警告亲密的朋友我死后不准想我，因为会打扰我，我想他们听到我这么说的时候尴尬又难过。我确实不想死后再纠缠在这种生命形式里。

但我自己做不到这一点。我飞快地后退，朝着多年前正经过这里的阿尼的灵魂微笑，他也微笑但显然已经忘了我。我又向未来某一日去，向将到来的红缨叔叔的灵魂招招手，他有点诧异。在他们的身前身后，灵魂们来来去去，像风中蒲公英的种子一样，我认识它们中的一部分。自然，我也跟自己的灵魂眨眨眼，我愿意相信这个说法，我就能在这里找到它，而它也忘了我。

如果按照我听到的藏族老人普遍的说法，死亡是被“叫回去”，那么，也许生才是一种莫名的旅行。这让我想起古希腊的死亡之神，他坐着四匹黑马的战车，手持双叉戟，代表在死亡面前不可能有任何阻碍。

时间魔法般地流走了，又不被我察觉，我忽然迁怒于它。它是快的慢的、扁的圆的，我才懒得管；它被达利软塌塌地搭在虚无中，我乐意的话就撕碎了它，或者把它掷向宇宙中最大的黑洞。

我一个人在这空旷的山谷里和死亡聊天似乎不妥，

马群回来叫醒了我，它们带来细雨，又或者是细雨叫来马群。天默默，雨纷纷。

我们一起走在雨中。我们一起走着，在暗淡暮色里。它们中有几匹偏头看向我，疑惑着这略略颓丧的形体，一定走过了长长的途程。我笑笑，回应它们的关心。

马群不必知道我得不到答案的恼怒，虽然我不常这样。我的恼怒来自我的热情，而不是恐惧。我了解在我的知识和惯常模式中的思考并不会把我带到什么地方去。但我仍然要感谢生命的经验，在衣食住行之后，让我保有持续的疑问。如果人们望向更多的生命，而不仅仅是一个人的个体，或者可以参照它们了解到更多。

和我走得最近的，是最初在溪边迎接我的那两匹白马，依然姿态优雅，眼神温柔，我的生命因为和它们的连接，得到没有答案的安心。我们都曾被穿络御用，明日与昨日一样困惑，但今日仍可漫步。我们走出先前的气氛，不让它跟着。

天之苍苍，其远无所至，我们要去瞭望别的事物。

7月21日

昨夜临睡前，我从柴堆里翻出一点香柏树皮，揉碎成长长的纤维，一一填满了床板后方的木头缝隙，阻挡无所不至的风，满意地睡下去，直到再次被雨打醒。

和昨夜一样的冷雨啊，我愣了一小会，起来把头顶的木板错开一点，直接把伞伸出去，啪！打开，我给我的屋子打了一把小伞，我想闪电看到这个瞬间一定觉得很诡异，我自己一笑就睡不着了，坐那听雨。之后的雨下得越来越大，我又搭起了帐篷。

我必须承认我是那种永远都不长记性、不懂得吸取教训的人，我在把这些再次认定为自己的“优点”之后迷迷糊糊地睡去。

清晨醒来一切都那么美好，我不知道准确的时间。

脑子里响起一首歌。

Hey wake up!
Wake up!
Where are you going?
Send me a letter if you go at all

And the sky opened
And we laid down our armor
And we dance naked as they
Baptized in the rain of the new world
We are going to see the world

——Patti Smith：*Amerigo*

我哼着歌去溪边洗脸打水，溪水从大小石头的缝隙间汩汩流动，即使山脚下晨光微弱，也被拨弄得闪闪烁烁。日出的红光正从西面的山尖向下蔓延，在这之前，它刚冒出东方幽暗的大地。灰白的天空逐渐明亮，西面山巅之上，也经历了从青白到绯红的过程，直到太阳正式跃出地平线。

何其芳说，开落在幽谷的花最香，无人记忆的朝霞最有光，没有照过影子的小溪最清亮。我说，抱歉啊，我都经历了你们。不过，花与朝霞、小溪都自顾自不理我，它们沉浸在自己的晨光中。

它们的晨光中，我不认识的小鸟们正在歌唱，基础声部的美妙音符像层叠起伏的水波，在森林和草甸的上空流淌，有的音符急切，有的音符弹跳，有时某些音符像遇到不期的阻拦，被高高抛向空中，又宛转飘下来。

我有些遗憾，我完全不懂鸟类，不知道它们在合唱中各自扮演何种角色。它们隐藏在不同的高度和位置，形成不同的交叉空间变化，我也不知道是谁指挥了这场美妙演奏，是否有总谱，如何掌握分句与力度的平衡。我坐在小溪边欣赏，猜测这是即兴的，但不知道每一个歌唱者以何种语法与他人交流，带出这流畅动人的气氛。我只略知一点演出的场地，从草甸到森林，以及山顶灰白色的石壁，稍远处锯齿形的刃脊，这些使得演出绝不会有轻佻的嫌疑。当大部分高频的声音被树木、叶子以及空气吸收分散之后，那些柔曼的低音正毫不费力地绕过地面和低空的障碍，传播得更远更高，赞美天空和大地。

以前住在雾浓顶村的时候，我的房子在缓坡的栎树林中，早起的鸟儿会在房前屋后嬉笑唱歌，我把这些当作理所当然，没有仔细听过。直到我离开回到城市，才发现它们多么轻盈，多么生机勃勃，而这微不足道的每日约会是多么重要。

我坐了好一会，阳光逐渐照耀到我的背上，它们从太阳表面发射之后，已经旅行了一亿五千万公里的距离，这大约需要八分钟。据说光子还需要近百万年的时间才从太阳的核心挣扎到表面，在到达地球表面之前必须经过大气层的拦截。我不确定，总之它们花了很多工夫，才在这一刻来到我身边，我心里好生感激。而我除了温暖之外，并不能直接接收转化它的能量，虽然我了解到这美妙的早晨，风、水以及鸟鸣，这密密交织的能量网、地平线上的这一切光辉，都源自遥远的那颗恒星。可是我饿了，我还得接受植物的帮助。

我加了柴火，热了牛奶配粑粑，就着一点剩下的炒菌子开始我的早餐。火塘边是一块冷杉的木墩，表面已被坐出凹陷，很光滑。我把它挪到不滴雨的地方，坐在上面，边吃边打量着这个牛棚。火塘后壁的墙板上，搁置着一块一掌宽的横板，在我前两天住的那边，也是同样的布局，那块板被我用来放各种杂物，而在这里，还整齐地摆着三盏酥油灯，以及村民们临走时放在上面供奉的水果。这个位置的整齐摆置，和简陋粗犷的牛棚看起来有点格格不入。我忽然觉得我应该把我看到的逐一地画下来，在吃完早饭后，开始简单地画画。

虽然我自认为对牛棚无比熟悉，但是把它画下来，可能更好，我的眼睛和我的心一样，有时候太快。如果不通过绘画或者语言的方式来一一描述的话，我就只能停留在飘忽的印象中，在未来某一日回想时沮丧地发现，其实我并没有记住什么。

这个牛棚的主人很聪明——其实所有的人都如此——他在草甸延伸向溪流的缓坡中，选了一块小小的平地安置了它，离小溪不太远，而小溪刚好在房子的西面从一处高地跌落，这让我相信，本来是应该有几根木槽次第把水从溪流高处引至牛棚附近的，虽然现在我找不到木槽的痕迹，我的证据来自几处人工堆的石头隐伏在草丛中沿线过来。牛棚背后的缓坡也阻挡了风，从后面看，它仿佛是从缓坡上挖下去一个深坑搭起来的窝棚，沿着山坡的曲线懒懒地匍匐着，而这向阳的缓坡还是好几种菌子密集的生长地。

整间房子以冷杉原木搭成，只在南面留一扇门，在火塘上留一扇小天窗。但是他的主人没有像某些精细的祖先一样开槽捻缝，以至于光线和风从四面八方都透射进来。也许在之前，主人也用小石头、泥土混上牛毛，或者柏树皮的纤维填满缝隙，但几年不常住，风和雨水掏空了它们。

白天的时候，光剑在暗室里列队练习，夜晚的时候它们就争先恐后地刺向屋外的黑暗——也许夜晚从空中拍摄，这就是一艘喷射出光之力量准备起飞的 UFO。

屋顶常规都是木瓦片，在村庄里，木瓦片有固定的长宽尺寸，牛棚就随意一些，长短不限。金敦·沃德在 1913 年的考察中，也对此做了记载：长方形的 0.6 米左右高的石墙，以及粗梁和上面的牛毛篷布，石墙空处塞满树枝和干的苔藓。

室内以中柱分南北，南北各是三米见方，三米——三点三米由柱子围起来的区域称为“一柱”，这里的藏族房子有多大，以多少柱来计量。牛棚也承袭这样的算法，当然有的也根据地势和需要调整。这个牛棚比较大，当他们常住的时候，中柱北面区域的中心是火塘，北面木板墙的中心是那块一掌宽的横板上供奉的佛像和酥油灯，以及祭品。下方的木板上放置蜡烛、火柴、明子、藏药，以及相对重要的必需品。

金敦·沃德记载中柱上挂着兽皮缝制的糌粑袋子，以及细长步枪，后者我却没有机会见到。不变的是火塘，火塘以石头砌成，生产和生活围绕它展开，准确地说，这就是世界的中心，神灵之所在。

火塘中间有三脚铁支架，支架必须厚实，才能支撑得住满满一大锅酸奶水。它们是分离出酥油之后剩下的，需要在火炉上加热，让奶渣继续分离。火塘的上方，从墙到中柱，悬空搭着两三根木支架，用来烤干东西，比如湿柴，比如菌子干或者药材，比如做干奶渣。从上方也会放下一根粗铁线，下面挂着一个黑黝黝的水壶，上面绕着一根木棍，搭在木支架上，木棍转动合理调节铁丝或牛皮绳子的长度，这样可以充分合理地利用火焰高涨的热量。我常常佩服真正处于生产劳动核心的人们，他们有很多巧思巧手艺，简单有效地解决了实际问题。

中柱边上往往放着几个一米多高的大酥油桶，其实是牛奶桶，用来盛放每天积存的牛奶。根据产奶量的多少，三五天打一次酥油，牛奶存放在木桶里，微微有些发酵才方便制作。如果温度高，这些奶桶会被移到靠近门口的凉快地。

在打了一千三百次到一千五百次以后——这必须是壮年男子干的活，他们边打边哼唱着计数——酥油从牛奶中被分离出来，剩下的奶水继续分离奶渣，而酥油则放在木盆中反复用溪水清洗干净，之后，它被团成橙黄的圆月状，放进门口一侧的水缸中。

十天半月的，男人下山，用网脉橐吾或舟叶橐吾的叶子包了酥油，带回家——这两种植物在当地藏语中被叫作“酥油草”。通常，这些酥油中的三分之一，用来满足家庭对食物的需要，剩余的三分之二，被供奉在佛和神山的面前——它们被放在酥油灯中，在家里的火塘和佛堂里明明灭灭，也被装在内里被掏空的“蔓菁碗”里，被一双双皱巴巴的手捧到寺院中。满足前两项之后，才会有一些出售。

火塘两边各搭了一张木板床，不宽，恰好一个人的用处，以前上面铺着厚厚的黑牛毛或羊毛毯子。木板床延展到南面的区域，变得窄一些，用来堆置不多的生活用品，以及面粉之类需要防潮的食物。现在，除了我随手放的杂物，这两处都是空的。牧场的食物很简单，酥油茶，青稞炒面，小麦粑粑家里带一些，牛棚里也可以现做一些。包菜、土豆、辣椒、琵琶肉，组合着炒。

在阿茸的牛棚里，他曾经教我用新鲜的酸奶水（乳清）发酵做粑粑，我就带了铜锅去煨琵琶肉土豆铜锅饭。他教我揉糌粑，我教他在铁架子上用酥油烤面包。没事干的时候，我们在牛棚外晒太阳，沿着山脊奔跑，或者从流石滩上冲下来，阿茸教我认识一些野花。

阿茸有十五至二十头牛，他给每头牛都起了名字，他用它们各自的名字呼唤它们，和它们聊天。远离村子的生活没有让他孤单，反而比较惬意。他知道谁比较调皮，谁比较暴躁，谁喜欢吃某一种草，谁最爱爬上山脊去远眺。他指给我看，边看边介绍，牛群远在对面山脊上，薄雾游走，雨丝蒙蒙，常常淹没了牛群。我啥也看不见，啥也记不住，我就赖它们。

我一边简单描画一边不自觉地回想，再次意识到这牛棚里，除了我的简单行李，除了我烧得不太旺的柴火偶尔的啪啪声，再没有其他。这条山谷，从小溪上游到下游，从溪边草甸到半山腰，十几座牛棚，再也没有别人，再也没有别的炊烟，草甸上的菌子除了担心我，不用怕别的什么人。

忽然天大地大的，我以前所遇的人、所遇的事不过浮光掠影的一场梦，我被堵在这场梦的结尾，浑浑噩噩宛如初来，以为牧场年年依旧，没想到今日突然不得见，而“明天”竟然不如约而来。我其实应该庆贺自然终于收复了失地，这里将逐渐成为荒野。在我的心还没有完全踉跄之前，我及时放下笔走出来。我给自己找了一个必须的理由，去找柴火。“行迈靡靡，中心摇摇。”

我使清风吹拂我，阳光来好好承托我有一点飘摇的心。

我走过小溪上的独木桥，走向林间，如果没有估计错，那里肯定有之前砍倒还没有被拖走的木头。柴火这种事情，原来是不需要列入我的计划的。牧民在夏季牧场除了放牛，另外一项重要的工作就是砍柴，晾干之后等搬迁牧场时运回家，每一季的砍伐要足够支撑全家一年的用量。任何时候任何一个牛棚边上，都有高高的柴火墙，只要我没有脱离牧场的范围，就永远不用担心。但是最近四五年，这个区域的牧场正逐渐被放弃，放牧这种古老的生产方式已经快要脱离人们的生活了。牛棚边上已经找不到柴火，我必须每天关注并且列入工作。

我朝着一棵很大的单独的花楸树走过去，经过它，绕了一圈跟它打招呼。走到林间，草甸迅速被厚厚绵软的苔藓地代替，冷杉和杜鹃交错，而我很快在其中发现一带连续二十多米被砍倒的亮叶杜鹃。它们斜靠在前面的树上，还没有完全倒下，但是已经全部死亡。林下还有几株棒槌一样的往年的列当。我提醒自己站远一点，避免让自己变身为一棵树进入另一世界，我不敢面对斧头和油锯。我知道我身后的山林有很多这样的伤口，而这些伤口本来应该在更深的林间，而且更加小型。

好吧，我承认看到这个画面后，我的心情不那么感伤了，在此刻来庆贺自然更好些，至少，短时间内，这些森林会被保存。但是它们正面临别的危险，比如在如火如荼的旅游开发中成为景区。与家庭化的砍伐带来的伤害不同，那是全面的毁灭，人们会计算比较短期的得失利弊，在交易中背叛多年的友谊。想到这点，我认真地为森林祈祷了一下。

我把其中一些短枝收集起来捆好，准备拖下去。从树干的缝隙中看得到溪边的牛棚，它安静懒散地趴在正午的阳光中，它没有在风中悲叹，虽然它正在告辞的路上。古老的建筑物大多具备了谦虚的性格，使它本身和建造使用它的人们在自然中不必凸显和炫耀。我喜欢这些由石头、土和木头组成的建筑，人们从自然中取得它，建筑和人一样衰老死亡，时间终将把它们毫不费力地还给自然。

回来的路上，我在花楸树下枕着柴火躺下来，寂静化作小小的光斑细细碎碎摇摇晃晃地从天而降。我可能睡着了一会，但并不确定。这多么好。

最后的路程中，我在草甸的牛粪圈子里顺手捡了一些菌子，并再一次感谢植物，它们提供氧气、食物、衣服，还有燃料以及庇护之所。之后，我用不太好的脑子认真记住，刚才在过独木桥的时候，差点滑倒掉下小溪，以提醒自己下次注意。值得庆幸的是，我还没有真正摔下去过。

把柴火拖回牛棚，靠在火塘的周围，然后我回到溪边洗菌子，做了一个杂锅菜。有了菌子汤的肥美，任何蔬菜放进去都可以，何况还有牛干巴。食材好，简单烹饪，最重要的不过是火候，而菜蔬的火候和它生长的节奏一致，你了解它怎么长就自然知道怎么吃它。

在吃饭的时候，我翻看了一下我的笔记本，一本蓝灰色的厚本子。纸质书和笔记本是老古董的标配，我带上它并非因为这里没有电，我平时也带着，除了扉页上印刷的尺子方便我测量花卉之外，我也有意用写字的方式，而不是电脑或者网络的速度，回到我作为一个人的节奏。

我喜欢笔尖在纸上流动的声音，如山脉细微之处的暗流。其实我不用翻看本子上的密密字迹，也知道一点，这些天我的时间还是没有足够地缓慢，我的脑袋还是想得太多太快。我不得不嫌弃自己太吵，我一个人带来了一万个人。

我在屋子里静坐了一会，打开的门为我框出了草甸及对岸的森林黄绿的小品。这是奢侈的美景。我的问题还在于，我总是向人们宣传荒野的美景，可是我们却保护不好任何荒野。为了珍惜，让人们必须先看见，可是看见的人多了，参与的人多了，就不会再剩下什么值得珍惜的事物。

我有人类恐惧症，有时我甚至厌弃我自己。我本来应该是林间的鹿、山壁上的岩羊，或者猫头鹰，在月夜哀号，为人类动容，也为自然悲伤。我这么容易动情，我知道是因为我对事物的了解还不够，不过我不打算逼迫自己。

黄昏的时候，我试图通过走路让自己平静下来，我的心如暴风雨夜的大海。

我不能在草甸上走，必须沿着山道向上奔跑，在道路模糊的地方任意穿越林间，我必须越过香柏林到更高的地方，我必须越过冷杉林到更高的地方，去到山峰之上，到未知之处。路上我坏抱了几棵树，告诫自己不要计算尺寸，我只告诉树，它在我的怀抱里，我在它的怀抱里。然后一步都不要停，跑吧，一直往上，一直往上，一直往上。

我把一首诗的最后一句留在心里。我不念。在和天使跳舞时，在和魔鬼跳舞时，我把这首诗的最后一句锁在心里，我谁也不说。

7月22日

叶子虽然繁多根茎只有一条
在青年时代说谎的日子
我把花叶在阳光里招摇
如今
我可以凋萎成真理

——叶芝:《随时间而来的智慧》

除了去溪边打水，我几乎一整天没有出门。我躲在牛棚里，生着不大不小的火，做一点简单的吃食。然后看书。我读了一整本《叶芝诗集》。我带的书并没有经过严格挑选，恰好来之前朋友送了一本叶芝，我就带着它。

我读书，天气由晴转阴，有时淅淅沥沥下一会雨。

神把这尘世造成一条青草路
在她漫游的青草前。

——《尘世的玫瑰》

天真之人和美丽之人
除了时光没有仇敌
起身来教我划下一根火柴
再划一根到时光燃起来。

——《纪念伊娃·郭尔－布斯和康·马尔凯维奇》

那儿，有月光如波浪般跳动，
幽暗的沙滩罩着迷蒙的彩色，
在最远最远的玫瑰园里
有我们整夜整夜的步履。
我们交织着古老的舞步，
双手和眼神也交错如旋舞，
直到月亮离去。

我们来来回回地跳跃着，
追逐那些晶亮的泡沫。
而你们的世界却充满了烦恼，
在睡眠里也冲突着无尽的焦躁。
来吧，人间的孩子，
到水边和荒野里来吧
和一个精灵手牵手吧
这世上哭声太多，你不懂呀

那儿，漂泊的流水
从葛兰卡的山坡冲下，
藏进芦苇小小的缝隙，
容不得一颗星星的游泳。
我们寻找着熟睡的鲑鱼，然后
喃喃在它们的耳边，
骚扰着它们的梦境。
我们倚靠在蕨草上，看那蕨草
把泪水滴落进年轻的溪流。
来吧，人间的孩子，

到水边和荒野里来吧

和一个精灵手牵手吧

这世上哭声太多，你不懂呀。

……

——《被偷走的孩子》

我为自己朗读了《被偷走的孩子》，一只躲雨的小鸟飞到门框上，它在魔法世界的入口，仿佛想引领我。我拒绝了它。

有一些声音让这个下午变得更加安静。雨水从木板的接缝处滴落，我用多余的一口锅接住它们，令它们自己轻弹。火苗的声音，因为从木板中漏进的风，忽大忽小。小鸟好几次飞进来，停留一会，振翅飞走。

在夜晚，你会平静地入睡吗？在清晨，你会平静地醒来吗？

我身处皇皇世界，有时候可以，有时并不能。

7月23日

今天想去走走。

我必须要解决和时间的问题，我总是比时间快。

我觉得不饿，等不及吃早饭，起来洗把脸就出去走走。慢慢穿过草甸，向青草更青处回溯。脚步唤醒了露珠的梦，它们变成清气悠悠升空。紫菀一脸无辜地望天，它们的一些长的舌状花粘在我的鞋面和裤脚上，我就带花瓣一起。

我们一起爬上缓坡，穿过香柏林，早晨太阳还没升起的时候，香柏林还没有积累出那样浓烈的香气，它们才睁眼，稀松着，还需要慢慢准备。

我们穿过香柏林，林间不知道是雾还是雨，湿了眉间发梢，它们也在松萝上留下晶莹闪烁的点滴，清风使之成为珠帘。

我们在林间看到那些倒下的腐木，上面生长着厚厚的苔藓，小枞树一样密密排列，不光苔藓，还有菌类。我大多不认识，我能听到它们细细的呼吸，它们一呼一吸，一呼一吸。我慢慢地走，踩着松软的草叶，一呼一吸，我加入苔藓和菌，以及每一棵树的呼吸，在没有风的时候，我们带动流岚与光景。

“我来自东，零雨其蒙。”我要从东面走到西面去，沿着这条山谷，逆着溪流的方向。

我在晨歌里穿行，偶尔仰望树缝间的天空。我在这晨歌中加入我的音符，使这明朗宇宙安排下我。

我看望婷婷的明黄色柴胡叶垂头菊，在它旁侧，薄包风毛菊正努力伸长了脖子，展示它并不柔美却个性鲜明的紫色披针形花瓣。我坐在它们旁边的空地上，我们一起看着前方一片葱状灯芯草，它们在为小蚂蚁进行焰火表演，绽放了一朵又一朵白色的小小花火。大地正在呼吸，水汽从草叶上涌过来再回旋散去，成为它们的背景。

我走在小溪边，涨水的小溪正在欢腾，飞溅着白沫冲过小小的浅滩，冲过大小石头。但是，在某一两个平静的回湾不动声色的水面上，偶尔飞快经过的草叶才真正证明了流动的力量。我蹲着看，用灯芯草的长叶系成绳索，轻轻放进去，灯芯草长蛇一般平滑，再飞快前进，继而在石头间扭曲，又修正了自己，随着流水急去。

我慢慢地走，串联我看到的事物，串联我和它们。

有一些没有预期的事情正在发生，比如马群忽然从后方追来，没有丝毫减速，超越我，向着雾中流水的来处。

比如一只宝蓝色基调炫目的蝴蝶，停在我正在拍花的相机上，我不动，它不动。我凝视它，打消了留下这瞬间的念头。

我只身前行，在马群和蝴蝶之后。云雾之后的山头有怪石嶙峋，它们曾经闪耀玄冰。

路径代表了和世界的交互和思索，而我的思索在于如何在大多数的时候，适当地停止它，只是走而已。

慢慢走路的好处在于：这项人类站立起来之后就没有特别进化的技能，帮助我以走路的速度去感受和连接世界。慢速的流动带来世界变化的更多细节，这些细节不会被分割，不会骤然出现又忽然消失，它们秉承着精准秘密的规则。身体在不被驱赶、不被快速运送的时候，恢复到最初的状态，它感觉到自身，感觉到气血河流一般的流动，感觉到每一个关节、肌肉，每一个细胞的参与，每一个快或慢的呼吸。它也在宇宙根本规则中流动起来，并积极参与周遭。

我的身体被用作参与这个美妙世界的工具，它此刻正微微发汗、轻轻喘息。我让它坐在几乎不被感知的微风中，凝视天边流云。深入其中，淡淡疏离。

我让它前行。

它走过黄色高原毛茛的草地。

走过白色的银莲花。

走过粉色的圆穗蓼。

走过蓝色的龙胆花。

走过紫色的党参花。

它走过香柏的幼林，俯下身轻嗅。更多成年的柏树高举着枝条，从溪边草地的边缘，呈扇形，一带一带蔓延到锯齿形的山脊。

它走过小溪在草地尽头最初经过的牛棚，马群正在这里。它们因为无所用被放逐，正在成为山地的游侠。

它走过它们，朝向小溪来处的山峰。它并没有抵达某处的决心，因为它没法相信“抵达”本身，但它相信行走，用步伐和呼吸回应大地。行者走向遥远的某地，因为“抵达”而获胜，产生某种真理——其实我也不信。

一直向上，一直向上，到小溪来处的瀑布，仰望瀑布上方偶尔的七彩水雾。它知道瀑布的来处是广而深的高山冰碛湖。湖水倒映山峰，隐藏很多它和我都不知道的事物。

我看着它一步一步走在渺茫的路途上，时而在疏林中消失，时而在浅草中浮出。我看着它，眼眶湿润。它一直在走又哪里都没去。它沉静如冰又动荡如海。

它在最累的时候停下。它代表的精神，宁静如地底最细微的潜流，它忘却了时间，如冬眠的生物。它走过所有的白天和黑夜，只感受它们的交替而不讨论无限。

它无人理会又万物簇拥。它和我彼此忽然感到一个无声的声音，在某一个时刻，在恰好的那一个时刻。在那之前宇宙好像静息了几千几万年。它和我在感到那个声音的刹那间一起动作，一起坐下，因为忽然发现彼此熟悉又生疏而略略诧异，这让“坐”的动作变得那样缓慢。世界的所有形色在我们面前迅速分开又合拢，严丝合缝又完全无关。

并没有发生什么。我们都停了下来。

我们一起坐在高处的岩石上俯瞰溪谷。目眇眇风袅袅。

7 月 24 日

天气清静光明，万物不失。我在最初的晨光中给自己做了酥油茶。

酥油茶是神奇的食物，寒冷高原的人们准确地创造了它。在家里，我们用的砖茶不是汉地喜欢的叶芽，它们由茶梗粗叶制成，醇厚下沉而富含鞣酸，刺激肠胃蠕动加快消化。熬好茶叶之后把茶水滤进茶桶，加入盐、牛奶、酥油，之后打茶。打茶的秘诀在于轻压重提，不熟悉的人重重地压下去，往往被飞溅出的茶汤烫到。

我没有茶桶，找了一个废弃的大可乐瓶，洗干净，削掉上半部分留下圆筒，用一小节三分叉的树枝手搓旋转，也可以做出不错的一人份酥油茶。在做这些事的时候，把带来的小麦粑粑，放在火塘边烤着，它们散发出的香味，让我回忆起阳光下起伏的麦浪、在浪花上游泳的蝴蝶。

这些食物是大地倾其所有精华奉献的。从岩石到土壤的转化，各种植物和动物的参与让其中一些土地富含有机质和微量元素，被人们选择成为适合耕作的土地。雾浓顶村的男人们在收割后犁地，使土地变得松软，保持适当的透水性和通气性。

女人们在秋末冬初，从山林里背回腐殖土和枯叶倒入田中增加肥力，把种子撒下去，让它们经历冬雪春风，在春天初苗的时候，把牛圈里的牛粪和枯叶混合物倾倒在田间，补充给麦苗营养，拔一轮杂草，之后，就请大地和天空照顾它们。

土壤、阳光、风雨雷电、昆虫和微生物一起协助小麦天然的生命力。我们就在火塘边喝茶，透过藏房收分式的窗户，目光自动聚焦在麦田里，看它们不论白天黑夜，嗖嗖地生长。我们看呆了，欣喜着，直到时间提醒，喂，到了啊。

时间到了，男人和女人们一起收割、脱粒、磨粉。用做完酥油奶渣剩下的酸水发酵，团成一个圆饼，升了细细的炭火，慢慢转动铁锅，烤出这样黄澄澄的粑粑。

牛群也是，它们在一年中，往返于低海拔的村庄和高海拔的夏季牧场，在春天刚刚到来的时候，低海拔的山林负责它们的食物，当春天走到高海拔的草甸时，牛群也走上去，把自己交给开满圆穗蓼和委陵菜的草甸，同样地，阳光、风雨、森林和小溪也照料它们。冬天的时候，牛群回到村庄，人们用蔓菁和小麦秆喂养它们。它们反馈给植物牛粪，给人们肉类和牛奶。

而我正在享用这无与伦比、充满整个世界美好味道的食物，每一颗小麦种子都将在我的身体里生长出千万颗，成为铺满天际的麦穗，成为铺满天空的森林。

我一时高兴起来，跑到门外，拔了几个肥嘟嘟的白菌子，抹上一点酥油，穿在叉子上烤，水分和香味嗞嗞往外冒的时候，撒上一点盐和胡椒，哈哈，成了。我对这美味的菌子，对滋养它的牛粪，对载满菌子的草甸，这草甸所在的山谷，这山谷所在的山脉和大地，此刻鸟儿正飞过的天空，再次充满感激。

然而这是带来的最后一块面饼，我带着户外的小套锅，觉得明天可以自己做。可是没有酸水——牧场上没有酸水，这个现状我还不太适应，所以也忘记带酵母了。想了想，决定先揉一小团面搁着发酵，也许明天可以用上。做完这个，我斜靠在“床”的背板上，看着门框外的风景，不时有一两只小鸟，在门外的石板地上踱步，有时它们会好奇地看向屋内，有时它们一动不动，我不知道它们在看什么，但它们的到访总让我开心。

我又想起了阿尼，“阿尼”是当地藏话里爷爷的意思。我心里想起的是我熟悉的编着红缨辫子的雾浓顶村的阿尼。我和他在一起的时候不知道日后我会常常想起他。他不干活的时候，往往坐在火塘边，坐在楼顶平台，坐在随便什么地方，他的眼神温和下垂，目光停留在他熟悉的事物上，并不远游。

我相信他的幸福，来自只需默默等待他知道的必然要发生的事情，比如四季，比如小麦和蔓菁的轮种，比如牧场的搬迁，比如黄昏后母牛带着小牛回家，走丢的那一头不过就是出去调皮几天。他的食物来自他视野所及的土地，他骄傲地把它们分享给我，认定这些是世界上最好的食物。他的目光总是环绕这些，他不知道似乎也没打算知道更多的事物，他不需要每天渴望发生点什么惊奇变化，来刺激所谓激情，他甚至不知道这个词。

我回忆起我年轻张狂的时候，在阿尼面前也规规矩矩，他带着一种天然的尊贵，除了时光赋予他的力量，我觉得这也和食物有关。你在这里生长，你获取你能力所及的这片土地的食物，你的身份和思维就根植在喂养你的这片空间，这有生物事实的基础。

生产和生活确认了一个人真正的身份认同，这和宗教信仰、政治选择都还不一样，后者有时暗藏主观的利弊权衡，翻看历史，在这片区域可以轻易找到摇摆不定的痕迹。而土地赋予人的印迹是难以磨灭的，当几代人、十几代人都以这样的生产、这样的食物生存下来，土地的基因已经暗含在人的基因中。

这片土地深沉，风和水以天然的速度带动着一代又一代人的脉搏，让他们的生长如同低处的香柏、高处的冷杉。阿尼以同样的方式承袭下这些，他的背后是无数个生活在这里的人，他代表了他们全部，构成他们的，是来自这块土地的食物，以及他们祖祖辈辈对土地的体验。这是他们始终安宁的原因。

我好长一段时间不吃远地运来的食物，比如某个海洋深处海捕的龙虾和蟹，比如某块大陆深处带来的野生水果，起初是因为隐藏能源的问题，我没有办法忽视心中的罪恶感。我吃着来自世界的食物，肆意浪费着能源，所以根本上我不属于任何地方，我是一只无脚鸟，没有枝条愿意安顿我。

现在我也可以试着从食物对人对身份和人格确认的角度来考虑，希望以身边食物确定我和这片土地的连接。相对的是，村庄正处在食物飞快变革的时代，我的儿子在断奶后喝村里的牛奶吃糌粑，我邻居年轻的母亲却为孩子买回电视上宣传的奶粉和辅食，以前的生活是平衡的，现在平衡被打破，年轻人开始不那么相信自己的土地，但现在他们还没有意识到。

我在这里十八年，十八年是一个多么空旷的时间。眼前的现在的世界不是十八年前的世界，我仍把我归属在这里，我祈祷这里的食物继续养育我，高海拔的小麦、青稞、土豆、蔓菁、牛肉、牛奶和奶渣，低海拔河谷里的蔬菜和水果，村庄四围的核桃和板栗，从低到高不同的森林草甸，各种的蘑菇、野菜和野果，我说一万次的感激都不够。

我随便想了想，如果我来做一道森林的宴席：

1. 生切风干牛肉配酸蔓菁沙拉浇热野花椒油／奶渣土豆沙拉（盐井奶渣）配盐井桃花盐和核桃油／野山椒拌树花和核桃仁

2. 荚果蕨／臭椿芽／金雀花／竹叶菜等野菜天妇罗

3. 炭烤牛排野生菌／土陶锅煨牛肉浓汤杂菜 / 干煎琵琶肉野生菌／野葱香煎藏香猪肉

4. 主食：石头烤野花椒叶麦饼／全麦粑粑配酥油加野生蜂蜜／手擀面配野生菌酱／野生菌奶渣包子（德钦奶渣）／铜锅酥油土豆饭／荞麦粥

5. 酒水饮料：家酿青稞啤酒／青稞白酒，酥油茶，松萝茶／白雪茶／红雪茶／金莲花茶

6. 甜点：牦牛酸奶配各种树莓／核桃仁／青稞仁／烤蜂蜜黄果／蜂蜜核桃仁／青稞酒酿红糖栗子

如果有菜单，我要写上“没有一道菜来自别处”，

这是一种别样的荣耀，但这菜单迎合了外界的浮夸价值。当地人都会做这些菜，但是他们朴素，不需要这样的名字和罗列。对于老年人而言，甚至没有一个念头来自别处。我鄙视自己再一次俗物的愚蠢，同时任性地兴高采烈。

我请人们在溪边或林缘搭起石头桌子席地而坐，使微风和夕阳加入，使小鸟歌唱，使晚霞俯瞰，我会轻轻吹响口哨，暗暗配合他们不知晓的山谷别处秋夜的马蹄。直至群星闪耀与我们同醉。我会偷偷敬阿尼一杯，不会让任何人知道。

我这么想着，就饿了。没有等到第二天，我就做了粑粑，用上午先行发酵的面团和进来一起发酵，时间和温度都不够，发酵不成功，还是硬饼子。那么，再用干牛肉和西红柿煮了浓汤，西红柿吸收了澜沧江河谷的阳光，昼夜温差帮助它锁住酸甜的口感，我把饼掰进去，做成了无与伦比的牛肉西红柿泡馍。天堂不在别处，就在这一碗里了。

7 月 25 日

昨夜我梦到雾浓顶村，我在村子南面的山岭上，遇到骄傲的黄花杓兰和柔美的紫点杓兰。梦境被曚昽的日光笼罩，我们都那么美。

今天打水、做饭、拖柴火。

做完这些，我读了很久的书。

把前几天拍的野花图片稍作整理，对照《野生观赏植物》分类、初步鉴定。这本书是我惯常带在身边的。两位作者潘发生和彭建生是我观花的启蒙老师，我一直感谢他们。牧民们告诉我一些书本上没有的东西，我也那么感谢他们。

我熟悉的雪山小报春，这种春天初来乍到的时候甚至可以开在雪地里的蓝色花朵，在当地的藏语里有另外的名字，直译过来是“看到就会掉眼泪的花”，古久浓村的阿依噶从小在牧场放牛，他告诉我，冬天太久了，冬天太冷了，看到这个花开了，就是春天要到了，所以开心嘛，开心得要掉眼泪。

无论我如何真爱这些高山植物，观花似乎都只是我的由头。我跟所有的人都说，我到牧场拍花去，因为我真的会拍下美丽的照片，我会真的为它们欢欣流泪。但到底这也是另一个谎言。我能说什么呢？

午饭我做了西红柿菌子面片。在午后的阳光下吃完，再拿着防潮垫和睡袋，在小溪对岸的花楸树下睡了好一会。然后回到牛棚煮了红茶，在茶水的雾气中观望更远处山谷尽头一道淡蓝色的山壁，它正引导着山岭向东北方倾斜而去，岭上白云也随之而往。黄昏的时候，我出去走了走，走到之前住过的牛棚，走过它继续往前，回头看到我自己的屋子升起的淡淡蓝烟，它们正去往上方的扎给神山。天正逐渐黑下来。

7 月 26 日

一大早，我在弗兰克·赫格达斯（Ferenc Hegedus）的音乐中醒来。似乎有点冷，我起来添上柴，火苗重新燃起来，再缩回睡袋。天光亮起来的同时，我慢慢在脑海里演奏完这古老世界的曲子。

起床煮了一杯姜糖水，坐在火炉边小口喝完，让热流去往身体的每一个角落。然后认真地去洗脸梳头，并且打开手机的镜子认真地端详了自己——为了记起我自己——哈哈，开玩笑，不是这样的。我发现有时我会忘记洗漱。这种事情曾经发生过，在牧场的最初两天，在转山的最初两天，都还是会保持文明人的习惯，也会意识到，甚至埋怨不方便洗澡。然后就逐渐习惯了自己身体的味道，慢慢地懒散起来：不洗脸、不刷牙，随便在锅里吃饭、随便找个地方上厕所。

我在围绕梅里的外转山途中，在第三天的辛康拉垭口上，就习惯了自己头发打结，我把头发卷起来放在帽子里，宽檐的帽子也遮挡了我没洗的脸。直到走到怒江边的温泉，温暖略带硫黄味的水照见我的肮脏。

一个人在远离文明社会的地方所恪守的清洁卫生习惯和礼仪都会在很短的时间内崩塌。我不能让自己被懒惰玷污，不能因为我“独自一人”而行为偏差，我必须要保持对自己的赞许，因为我早知道我必须回去。所以我决定每一餐都要好好地摆桌吃饭。我煮了一点粥，而且，我把洗米的水留下来，准备午后暖和些了再烧水洗头。

牛棚内剩下的柴火都太粗大了，我去捡了一些小枝，再用砍刀砍了几根大柴。怎么没带斧头，我真蠢。至少我应该带上两双棉纱手套，不至于手上打出水泡。我用随身带的液体创可贴喷了伤口，瞬间觉得医疗先进真好。然后又想了想，如果没有这个喷液了，其实我也可以用火塘里的柴灰敷一下。唉，我就是这样摇摆不定的思想。无论如何，明天需要再去山里拖一点细柴回来了。

我细细算了一下，如果在这里长期生活，我每天的工作，包括在生火烧水的时候，陷入这样的胡思乱想是合适的。

必须要保证每天的柴火。实际上，要保证两到三天的用量，以防备下雨下雪，或者生病不能出门。然后还需要把粗大的柴火砍开、砍断，需要准备引火的小树枝和细柴，还要有松明、干松毛或者干树皮。

我已经观察过了，以我的能力，目前小溪对岸的树林里，距离不远的已经砍倒的树足够我自己用近乎两个月。长期生活意味着我不能动这些柴火，必须在冬天来临前到更远的范围内砍柴，去森林深处选那些病虫枯木最好，并把它们运回牛棚，而近处的这些，要留在最后无法出远门的时候。当然，除非我不管不顾地一直在家门口砍柴，除非我疯了，我不要全世界恨我。

看，火是我最先考虑的事情，它果然是真正世界的核心。难怪那么多部族都崇拜火，如果没有火，别说生食的问题，不用等到冬天，就现在，夜里或下雨时的低温就足以冻坏我。我怎么没有鸟儿的羽毛或者动物的皮毛呢，人类进化成赤裸裸的样子暴露在天地间真是有点傻啊，高山流石滩的植物都还知道长点毛呢，而我们对此的概念只是脱毛膏。

有了火人类才能真正坐下来，才能解放片刻头脑，火是一切哲学的开始。霜降之后，洗完的袜子直愣愣地站着，它们被忽然的冷风抽打掉逃跑的欲望，更别说冬雪之后。如果我真要常住，还必须把厕所的洞挖到离牛棚更近的地方，以免我在两者之间被忽然的风雪凝固。我不能像某些电影情节，死在希望的边缘——黑泽明真可恶啊，他曾经冰冻过咫尺之间生的希望。

我忽然想起我带的是火柴，立刻跳起来检查了一下，还好，还有完整的三盒。用完了之后呢？我能保留下火种吗？难道要钻木取火？是的，草甸上就有火绒草，可是未来几个月的阳光会不太给力，我又神经质地在脑海里检索了我的行李，有没有凹透镜、凸透镜？然后做了排序，头灯和电筒里应该有，相机镜头里也有，等到电池用完这些都是废物。灵光一现，最值得一试的是垃圾袋里牧民留下的可乐罐，它的底部也应该可以，我可以找时间试一下。

屋外下起了雨，屋内很温暖，火苗闪烁，一大锅水已经在细细地冒泡。这真是一个人在荒野里面临最美的画面。为了让美更加深刻，我走到屋外去淋淋雨。走到草甸中央，抬头往上看去，雨自苍白静谧的世界而来，无声无息，它们来自某一个世界的中心，从那个原点发射，千万条雨丝是否带来某一种语言的信息？我跟踪不了任何一滴，更无法排列它们的程序。我只能站在这里，我并没有打乱雨的部署，我就是这所有的信息的目的地。

洗完头之后，只能坐在火边。透过湿漉漉的头发再次打量火苗，并没有什么不同，看起来此刻的火苗就是上一刻的镜像，尽管我明明知道它们绝不相同。

从砍柴烧水到此刻烤干头发，这一天的时间是我满意的。当我无法利用城市中的技术和物质来满足身体的需要时，就必须自己来完成对自己的服务。今天我收获了手臂肌肉的酸痛和手掌的伤口，如果坚持一段时间，我将会获得更强健的身体和毅力。这些事情其实都需要专注，在这种和身体节奏一致的专注中，人必然放弃思想的速度。我将慢慢失去我的快速反应、敏锐，或者换种说法，失去我的尖刻。而美将留下来，在身体更加灵敏的时候。比如此刻我成为世界的聆听者，我听到小溪在回应雨滴，森林在回应风。

斜阳从木板缝隙中射进来，我在其中穿梭，“日已西兮予心无忧，月已驰兮予心同往”。

我给自己煮了面。我的食物总量不多，花样也不多。出发之前去超市采购，麦芯面、全麦面、荞麦面、鸡蛋面、蔬菜面，宽的细的扁的空心的……十几二十种，我闭着眼睛随便拿一种。这是城市让我们觉得可爱或者疯狂的地方。在牛棚，我自觉不浪费任何食物，事实上虽然劳动变多了，但是食量却减少了，这里的呼吸是否都带来能量的汲取？我不能实证但是似乎可以感受。也许我们在城市的“暴饮暴食”是一种获取安全的手段，另一方面，我们通过食物来标识身份、填充时间。

我回忆早上的话题，如果我常住，即使我解决了火的问题，也解决不了食物的问题。我可以带着食物回来这里生活一段时间，但我没有信心在和外界无连接的情况下，在荒野里得到长期稳定的食物。这和荒野求生不同。如果我从现在开始收集蘑菇晒干，收集野菜和野果，挖出好些富含淀粉的植物的根，在低一点海拔找到大量的松子、栗子……我会像一只勤劳的松鼠在冬季来临之前忙忙碌碌，跑前跑后，在第一场雪落下的时候，抱着松球嗑着松子懒懒地在洞穴门口赏雪吗？我会不会成为一个“植物人”？我又被植物人的想法逗得大笑，仿佛看到闪着盈盈绿光的自己，阿凡达吗，哈哈。

我想不下去，我的思维因为饱食与温暖变得松散。有一种什么都不想做、什么都不想想的迷糊。天色还没有黑尽，是冷静的深蓝。我不管它。我把睡袋拖到火塘边钻进去，在这三尺见方的地方，我是随着火苗低沉下来的尘埃。

在睡着之前我记起和儿子看的动画片《鼹鼠的故事》，其中一集是世界失去能源之后人们成为原始人的故事。也许我可以拖着他一起来实验玩玩。这个小生物本身总是我无法割舍的。

7 月 27 日

半夜里我被狂风吵醒。然后它一下子静默下来，绝对的静默让我觉得我在这个星球最深的井底。

不久之后，下起大雨。

大雨又一次从屋顶很多地方变成水柱流下来，可能是之前的风先移动了屋面的木板吧。我眼见着火塘熄灭了最后一丝红光。我在黑暗中等了一会，除了雨并没有其他什么。至少没有大风了。

我起来在帐篷边上点起一根蜡烛。我有头灯和电筒，但是觉得蜡烛更适合。荣格尔说蜡烛的意义超过了登月旅行，因为它才证明了宇宙的真义。我点燃蜡烛，此刻我和它一样，我们来证明看看。

睡不着就醒着。

雨逐渐细微，虽然我的零下二十摄氏度睡袋足够温暖，但我还是本能地想要起来生火。火的另一项功能可能是人类最知情善意的朋友。火塘的温度不低，串上几根细柴吹一下，火苗立刻恢复了生机，等它稍稍稳定，再加上两根粗柴。牛棚的外面是黑暗，雨哗哗地落在屋顶的木片上，加深了那尘封表面的冰冷。

在这孤零零的小小建筑物以外，是黑暗空间。这是真正的黑暗，不是城市里永不天黑的那种。闪着明亮灯光的窗户，至少在几十公里以外，才会出现。在那些窗户里面，不久人们将苏醒过来，他们移动，说笑，谈话，匆匆忙忙，专注于他们的工作和梦想，每个人活在他自己那幻想的、欲望的小小的茧里。我也是其中一个。

此刻我觉得很安静。时间都懒得动，一直停滞在古老树木和冰川里。

我给自己做酥油茶。牛奶不小心洒漏在地上——你不能相信我带着大理的袋装牛奶来这里——我喝着茶，顺手用树枝晕开地上的牛奶和雨水，画出山脉河流的走向。

四列南北向平行的山脉白色的雪峰，从东面的中甸大雪山、白马雪山、梅里雪山到西面的高黎贡山。在北面用更曲折的线条刻下它们所属山脉的陡峭，急急奔向高原，而南面自然缓和走向河谷。金沙江、澜沧江、怒江间隔其间，粗细与弯曲不同的线条沿着山脉曲线南行，代表它们在峡谷间的奔腾和河谷平坝地区的静缓。几笔把平顶的房子放在高山，把斜顶的自然落在南面的河谷，我了解人们如何以建筑回应他们感知的风和雨雪。这是我熟悉的范围，我曾翻山越岭地探索它。

我看着它，在回忆一次次野外行走的开始时打断了自己，我意识到我对大地的体验也毫无隐藏地出现在随意的笔端，自由流畅，不知不觉中时光和大地同时也刻画了我。当然从制图来说也是拙劣的，它很快就模糊在脚下。

自然对人的意义，在两三万年前逐渐变成土地的意义——可以耕种的土地，可以放牧的土地，可以渔猎的山河湖泊……又在几千年来，由崇山峻岭之间的羊肠小道连接起来，成为一片可以交换的区域，并在长时间内，停留在一个经济的需求和供给匹配的小范围内。滇西北的这片土地因为地理原因，在保持了生物多样性的同时，也保持了生产方式和食物的多样性，甚至盐田都有。傈僳族从山上带下来土豆、白豆和猎物，交换平坝里纳西族的稻米和菜油，高山草甸的藏族人带来酥油和奶渣、牦牛肉干，交换必须的工具用具、砖茶、红糖，他们也收到河谷亲戚带来的核桃板栗、苹果桃子。他们中的大部分人埋头在土地上生产，极少数的以脚步串联起山脉河流，带着山脉高低处的不同风物。

保持传统生产于族群的意义至少有一点：在于基本自给自足，不必大量地和更大经济体进行交易的过程中，这些人较长时间地保持了生活和思想上的独立自由。这里即便在纳西与藏地、藏地与汉地的拉锯中，仍然有一种天马行空的不拘。你不依赖就不被裹挟。唯一“外来的”可能是宗教，来自喜马拉雅南侧的教义最终被本地的神山崇拜混合在一起，大地本就是宽容的容器。

这样的人群应该被珍视，他们完成，并至今保留了从自然认识到生产生活，形成艺术与宗教的完整行程，承袭着并提供了人类和土地交往的有效范本。他们在过去的年代，创造和巩固了一套和自然连接的生存方法，在今天的时代，仍然为日渐贫乏的人类生产和思想提供了多样性。把它仅仅当作某一特定民族的传统孤立起来观赏和消费它，割裂了人类发展的过去和未来，实在是太愚蠢。

随着土地的集中，养殖和种植集约化生产，我们会失去所有真正意义上的牧场和农村。作为最后一代模板的老年人一个一个离世，带走的是来自土地的基因。他们的人生固然经年累月地辛劳，变形的脚掌也能紧紧扣住大地。他们耕作、放牧，这让他们强壮、灵巧、自信和确定。我们去翻译他们，归类整理，像是悼念已经死亡的事物，我们建立且巩固了知识的王国，并区分了“阶级”。因为“体系”充满了权力和欲望，看得见的历史和知识放弃了更多沉默的经验。

不事生产的人们热衷在乡间实验中创造出“农民画家”“农民音乐家”，以及新的乡村，而真正的农民作为农民的价值，牧民作为牧民的价值却无法彰显。人们鄙视真实的体会是从真实的行动中产生的。最终这些一时的把戏无法指导人类回归土地。这片土地在人类出现之前就经历了大地的碰撞、抬升、喷发、沉淀和侵蚀，如今在接受人类欲望与技术的喷发和侵蚀。技术使我们安逸，又何尝不是一条苦旅。

我看过关于印第安人及其热爱自然的读物，读过太平洋海岛部族的故事，我了解蒙古族人、敖鲁古雅人，并且和藏族人生活在一起。我习惯喝酥油茶，茶凉了可以在火塘温热，这整座山谷里，却难以找到喝茶的朋友。

我在这温带的森林中，目光透过山脊，向西望去是卡瓦格博雪山，就是被更多人以“梅里雪山”称呼的旅游胜地，这十几年来，冰川融减加速，五方佛峰在盛夏的季节几乎全部露出灰黑岩石。这能影响什么呢？在我此生完结之前，可能不会有什么特别的影响，但是同一个问题在北方的因纽特人，海冰的融化正让整个族群每一个人的身与心处于绝望孤岛。那么这与我是怎样的关系？他们有五百个词去描绘雪与冰，这些话语失却了用途，在他们甚至还来不及创造出一个“环境危机”的词语之时。

我并没有出路给到我的思想。在山野峭壁、密林深处、冰雪之上，幕天席地仰望星河，诸多于无声无息间的诘问与磋磨，让我没有办法成为一个不动声色的中年人，以至于我有时觉得会在不进反退间虚无终结。

我们应该保护自然吗？好笑，保护自己而已。至少人们应该慢一点，不要把自己当成这星球上最重要的生物，不要那么快地加速自然和传统的巨变，相信一些我们未曾认识到或者不能当下就带来利益的价值，这至少便于我们拼凑出趋向真正的人和大地。人们堂堂正正地用粗陋的知识和价值砍向另一些人和他们的土地，砍向我们自己和自己的土地，当胜局伊始，看似万物俯首，当以何祭，才能平复臣服者与大地的悲伤。

山林里生活的好处之一，是我对光线越来越敏感，在胡思乱想的时候，注意到它们正活泼泼地、喧嚣地挤入牛棚，我知道天边已经绯红，大地深沉，将迎来又一次日出。

7 月 28 日

我需要一个执念，一次一次地回去，回到山林中，去凭吊一株未开就被风雨打落的山梅花，去看一束阳光下新绿的五针松，漫溢山谷草木的清香，不期而遇的一场落雪，雪后阳光下红宝石一样晶亮的扁刺峨眉蔷薇，它身后，小小的龙胆藏匿了深蓝的身影……那每一个柔软的浅浅瞬间。我至今不能摆脱热闹的生活，我还没有成为坚定不移的那一个。自然中的事物，总是实实在在地说，一切都可能是另外的样子，喏，就是你看到的这样。我愿意听这样的声音。

早饭后，我沿着山谷往溪流远去的方向漫步。夜雨之后晴朗的天气，阳光普照，极富穿透力地进入我的身体，每一个细胞都吸饱阳光、伸展跳跃，万物都与我一样，都有重生的新鲜，这真让我欢喜。

马群回来了，在溪边吃草，它们大大的眼睛在温柔回应流水的波光和草叶上露珠的清明。我故意脚步重重地跑着穿过它们，想看看它们是否逃离。马儿们似乎已经熟识我这个两脚神经病，心知我玩笑，退后一两步侧身让我而已。

我沿着山谷走，两侧的山脊以优雅的姿态伴随我。有时候我穿到北侧山间的香柏林里，这是藏族人认为的神树，他们收集枝叶煨桑进献给山神，所以斧头从来没有在这里划过。香柏林从草甸的边缘上升到山脊，树的枝干从主干中斜伸出来后，在不同的瞬间转换为向上的方向，成为振臂欢呼的姿态，又像一株株硕大的欧式烛台，它们不用点燃自己，就奉献了浓郁而略带艰涩的香气。

有的时候我跳过溪流上的石头或残留的木板，走到南侧的冷杉林，这一边更陡峭，山林从溪水高处一点的地方陡直向上攀援，冷杉带着杜鹃，抵达锯齿形的山脊最高处一带灰白的岩石边缘。我更喜爱冷杉林，寂静而冷峻，林间幽暗的光线，偶尔被渗入的阳光拨弄，遍地的苔藓就显现出新绿。当我停下脚步，除了枝叶偶尔颤动、腐枝断落、鸟雀忽然振动翅膀，几不可闻的细微的水吟声之外，一片寂静。在高一些的地方望出去，苍褐的树干分解了蓝天和不远处的山脊，让它们成为一幅隽永的画。它们明显更适合月光。

能够真正到达一个地方，是一件很神奇的事情。有的时候，我只是去了，而始终未曾到达。某种程度上说，到达不是一个时点，而应当是一个进行时，是必须花一段不短的时间来融合的。所以我总是不自觉地走着，然后“走着”这个动作，一次次打破我自以为是的“熟悉”。

我坐在溪边吃饼，配上保温瓶里的酥油茶，看大大小小的石头上鲜艳的地衣，像镌刻在石头上表彰它们粉身碎骨奉献的圆形徽章——地衣橙红的皮层正在阻挡正午强烈的紫外线，为共生的藻类提供养分，分裂岩石，一起为其他高等植物创造土壤。

我以前只看到雪山，后来看到花，后来看到树和灌丛，再后来看到苔藓地衣，看到森林、昆虫与飞鸟。我知道还有很多我没有看到的东西。

我看到溪水边已近衰亡的报春花，以及追随它脚步的紫菀，它们的边上，高原毛茛和银莲花也显示了轻微的颓丧，更大范围的是恰逢时节正在努力开放的火绒草和木香，而蛇莓的红色细茎在草地暗暗起伏隐没，像时间的线，一起牵动我们。

我随意看着，直到蓝紫色的蝴蝶轻轻停在我的膝盖上，我不动也不再想什么，我们只是晒太阳和呼吸。

它走后，我醒来，继续用脚步丈量我把自己放入的这个范围。另外一个好处逐渐显现，我一个人，就不可能稍有感触就说与他人。在这里，我只能在沉默中把自己埋下土地去。

晚饭的时候我摆了桌，桌子是一块我从床下拖出来的厚石头，向上的一面平整漂亮，有暗暗的青白线纹。我前天发现了它，清洁干净后放在火塘边不太漏雨的一侧。我做了胡萝卜牛肉焖饭，以及野葱炒菌子，盛在一只破边的不规则木盘子中，意外地漂亮。菌子是今天走路的收获，吃不掉的一些，晾在火塘上方的木架上。我要带回去给我儿子，我想念他。

隐居者在山林生活会失去什么呢？斜阳带着泥土和草叶的芳香从木板缝隙中流入，小鸟总是不请自来。

7月29日

“我不知道风在哪一个方向吹，我是在梦中，在梦的轻波里依洄。”

春风的梦来自西南，我还暗暗地在数着桃花。它们3月在海拔2000米的江边粉红，4月再爬到3000米，5月的时候来雾浓顶，桃花雾起，月笼山林。

我不知道我身后的森林和高山如何比我更早得到讯息，在数以千百计、百万计、无法计数的冰川源头悄悄开始潺潺细语的时候，在以千百计、百万计、无法计数的枝头开始抽出淡黄浅绿的时候，当数也数不清的春天的信息来临的时候，我想在这种大变化中，自第一时刻，在第一个最初，在第一个最初来临之前的那个最初，就有所察觉，就能够聆听这些生命细微的轻吟、独唱，大合唱序曲之前的静默。

我站在屋子延伸出来的小平台上，静听薄雾升起的声息。

在我永远来不及知晓的某一个清晨，冰凌的滴水，忽然就开始转换，“我在，我不在”，它调皮戏谑，一会是水，一会是冰。飘雪的大地、最初的花朵悄悄打开的花眼，倏尔又被湮没在春雪中。新芽突然萌发，情不自禁，万物竞相追随竞相超越。我着急了，我没有办法知道我们的春天从哪里开始，从哪一柱冰凌、从哪一棵树的哪一个苞芽、从哪一朵报春花，还是从这朵报春下面率先苏醒柔弱的根系开始。大地冰凌的纹路忽然就乱了，乱得如我思绪。

我怎么知道你啊，春天！

冰川的融水涨了，一夜之间迅疾流过来不及长草的高地，绕过来不及开花低矮的杜鹃林，开始同邻近的水流窃窃私语，风吹过暗针叶林，在林间和林缘找到落叶松初长的新绿，风声尖锐变换成柔美，它们一起欢呼，这是森林对天空的回应，风啊，水啊，它们在天空和大地交流、汇集、分开、迂回、前进，连旁白都听不清，我变成慌乱的孩子，脚步踉跄，我的心跳是重重幕布之后的黑影。春天啊，你迅捷、奔腾、咆哮着，勃发的力量。

山下野核桃粉红的苞片在新叶下优雅地展开，半山花楸的新叶和叶状的花托早已比花更美丽，高山上叫人流泪的雪山小报春开了，紫花雪山报春莲状基叶中逐渐抽出了花葶，丛菔粉紫的花不及我小指头高，横断山绿绒蒿或是全缘叶绿绒蒿，它们将开出几乎一样的花朵，如今还都在沉睡，毛茸茸的叶片初长，我趴着看，不辨叶脉。

我分不清春夏秋，在我的眼里，只有花季。我追逐着5月草地上的丛菔、山谷里的桃儿七，拟耧斗菜在岩壁上，宛如日本瓷器一样闪着微光的花朵。我痴痴地站在那里，我也是粉紫的偏花报春，在溪水边自怜倒影。杜鹃花开了！最初低矮松林里的云南杜鹃到大白花杜鹃，6月才开到针叶林带的黄杯杜鹃，草甸上的多彩杜鹃、金黄杜鹃、樱草杜鹃，再往上是北方雪层杜鹃。碎石滩中间，我那小小的、在寒风中颤抖的白色的寒原荠，生长三年才开出花朵的梭砂贝母与囊距紫堇，各种绿绒蒿，各种雪莲，各种点地梅，我经常分不清的穿着斗篷神秘的扭连钱和棉参……

夏日是雾锁山林。

雨从西方飘来，雨从北方飘来，雨从南方飘来，夏是我和雨雾在山脊的航行，是雨滴划出湖面上不断的涟漪，击碎寂静的光晕，是流石滩上的一朵淡蓝色的美丽紫堇，是一朵淡蓝色的美丽紫堇上方，一株淡蓝色的美丽绿绒蒿，是我一脸的兴奋又怅然的雨水和眼泪。

当这种巨大而温柔的花在湖畔开放，我的心轰然倒塌，我知道春天已经谢幕，夏日也快要离去。这世间的又一轮赏心悦目，无人欣赏。柔软的坚强的，懒散美丽又勤奋的，公开又隐秘的，时间转动的棱镜中永恒的幻象。而我还来不及，来不及去向老朋友打招呼，悬崖上的宝兴百合，冰川下的豹子花，我望向澜沧江那头，让彩虹带去我的致敬。

又一轮风起，林边的椭圆叶花锚四棱的茎上开出朵朵紫色小花，如同船锚，开启时光秋日的航程。我坐在草地上平静地等候，计算着草甸上美丽龙胆开花的日子，一朵穿着蓝色小裙子的花朵，永远不知道它带来的排山倒海的忧伤。它们从4800米的湖畔高地开始，每周下降200米，大约三周以后，来到最低的高山牛棚，它开到哪，哪个位置的牛棚就下迁，等它开到最低的牛棚，意味着夏牧场结束。

这是秋天的节奏，离别的味道。秋日清澈，雨水褪去，我整日躺在草甸上，看阳光不太耀眼地流淌下来，草地厚实温暖，托起一个飘浮的、不真实的、迟钝的梦。

秋天的植物驯服又平和，无声无息地等待回到土地。盘状雪灵芝逐渐枯黄，在即将到来的冬天和初春，会被初来牧场的人当作草地起伏的石头。阿墩子龙胆、中甸龙胆、七叶龙胆、美丽龙胆，以及各种剧毒而美丽的乌头——这些乌头同时可以治疗牧民雨季工作的风湿痛——待这缀满草甸的蓝紫色谢幕，就是最后的句点。

我站在第一个霜冻的早上，大气在高空变幻，低下头是大地水汽凝结在草叶上的精致图案，总是有不同的精灵在作画，在人类不注意的隐秘之地。

我在这片山林草甸上度过美好的时光，度过忧伤的时光，这一刻我的心如同平静的秋日，诚心地祈祷不必改变现状，变成另外的一个什么的自己。

牛群下山了，没有理由继续留在野外，我在村子里享受冬日的庄严，在干冷的气候中，默念迟来的雪，在暗夜中想象暗针叶林的静寂，草甸和流石滩的肃穆。偶尔，雪后到山林中，看看那些我不认识的动物脚印。在山脊上远望，趴在雪地上听，是否有春天的消息。我知道，春的种子总是在最寒冷的时候叩问大地。

时光流逝，时光纯洁，时光往复不断。

"春山可望，斯之不远。"这不为人知的约会是我生活中的大事，无论它们是如期而来还是突然降临，我必须立刻认出它，和它在一起。

——我在半梦将醒的时候，很认真地把这个梦继续下去。即便在迷糊中，我也知晓这是生命的格律，等待一些我无法掌握，甚至完全了解不了的，但是明知即将发生的事。而时光如此出色，大地必将完美安排。

醒来时天色尚早，夜露晶莹。索性趁这未落的暮色起身前往扎给神山。走在路上，我想，如果我没有醒来，会不会在梦里跟着四季轮回，一直往复循环下去？

我走在未明的天空下，很快穿过香柏林，越过矮杜鹃灌丛。一个人真好，不必说话，可以飞快地跑过山脊。

山顶煨桑台由石块堆砌，已经布满橙红和灰白的地衣。向西望见绵长的溪流与山谷，向东望去，溪流逐渐隐入林间，淡蓝色的山崖之后，蓬勃的日光即将喷涌而出。

7 月 30 日

今日小雨。

我打消了出去疯跑的念头。

我用牧民剩下的半瓶没气的可乐和大块的姜一起煮了姜可乐，抱着缸子靠在牛棚外檐的柱子上小口小口地喝。军绿色的搪瓷缸子底部已经被熏黑，缸沿也跳瓷缺口，但仍然不妨碍它煮水、煮茶、煮面，以及当作容器和洗脸的功能。我一般在套锅之余固执地带着它，深口保温而且不易溢出。到野外其实也是一件需要细致计划的事情，尤其对于习惯城市生活的人，在一定意义上，我们的进步造成了我们的贫困，限制了我们的自由。不过，一个人在到达野外之后，往往会检查自己以往的需求习惯。有一天我们也许会厌倦谈论环保，而把精力投入到对自然的爱以及整理自己的日常行动中。

鸟儿并不惧怕雨，在我喝可乐的这十来分钟里，至少有六只小鸟分别从前方飞过。鸟儿是一种崇高的生命，要不人们怎么总是幻想也有一双翅膀呢？人类走完大地上所有的路，是的，我们把它叫作“路”，我们把思考的踪迹也叫作“思路”，最后到达某一个结论。可是鸟儿不会，它俯瞰大地，一览无遗，它不需要了解路，它贯连所有的方向，它不需要结论。它们是流动的力量中重要的一部分。

金沙江、澜沧江和怒江这三条南北贯穿的水道，也是候鸟迁徙的通道，在十月微风吹拂的夜晚，凝神于黑暗苍穹中，细细聆听，那些微弱的含混的，好似召唤的声音，正是它们在鸣叫，联络分布在空中的同类。这样我便知道，飞鸟正在今夜路过。

姜可乐实在好喝，我的身体仍然有城市的真实印迹。

我带来的食物如下：

1. 一小瓶菜籽油、一小块酥油

2. 土豆、胡萝卜、包菜、青椒、风干牛肉

3. 一点米和面粉，以及糌粑粉。

4. 调料有盐巴、胡椒粉、辣椒粉。

5. 茶叶和速溶黑咖啡。

6. 还有几包泡面和几袋牛奶——不带泡面似乎说不过去。面条在这个海拔没有高压锅煮不熟。

配合随处都有的菌子——草地和林间有三种我认识的可以食用的菌子，最好吃的一种叫作“牛屎菌”——我可以组合出好多不同的一人餐单。如果在低一点海拔的森林，那么还有竹叶菜、蕨菜、嫩荨麻叶、嫩松针、野花椒叶……

这样细雨滴答的时光，很适合烧烤。我捡了一个土豆先煨在炭火里。去溪边打水，顺便捡几个蘑菇。洗干净两个青椒，对半切开，牛肉细细撕成纤维，蘑菇撕碎，牛肉和蘑菇满满地放进青椒里，加一点酥油，也放在炭灰上慢慢地烤，香气逐渐溢出，蘑菇的汁液“呲呲”欢腾着，直到牛肉纤维吸饱了汁水，青椒略有焦煳，不用加盐，只来点胡椒，蘑菇牛肉青椒酿就好了。配合热乎乎的土豆，是美味一餐，而且不用洗碗。

土豆只吃了半个，我的精神很好，体力很好，身体似乎焕发出隐藏已久的力量。但食量真的越来越小。剩下半个，也许可以捏碎了和上一点糌粑粉、盐和胡椒，装进圆圆的蘑菇盖子里烤，或者就和糌粑粉一起做成又香又好消化的面糊，或者捏成土豆丸子煎，或者和上面粉煎饼配上盐腌的胡萝卜丝，要不就继续烤热撒一点盐，怎么都可以，怎么都是美味。我应该带一点河谷的核桃油，核桃油加热后，和盐一起拌面就最好。方便面的调料包常常让我犯愁，我不愿意吃又不知道怎么处理它们。食物构建我们的身体和心灵，洁净简单就是我喜欢的。

吃饱了之后，我好像在火边打了一下盹儿，，像好多老年人一样。然后起来活动了一下，不出门的话要进行一些基本运动。一些拉伸、仰卧起坐和平板支撑——坚持做这些以免回去输给儿子，有时候是八部金刚——我喜欢把它流传出来的龙门派张老道士，他一百多岁还健步如飞，在终南山八卦顶种菜练功，生气了就凶人。

我向往过终南山，据说那里布满修道的古代隐居者，据说现在也是。我觉得人们向往隐逸的生活是一件好事，虽然有一些人在演戏，而且真正隐居者也不会提出解决社会问题的确切方案。但是至少他们基本不浪费资源，最小程度地影响环境，并提供一种精神的可能。如果我们定义的奢侈是自然美景，那么在山林中的隐居者将获得最奢侈的朴素生活。

另外一种奢侈，来自脱离某种组织的自由，哪怕只是短时间的。组织可能是国家、民族、单位、家庭，甚至两个人的恋爱，某一种思维或教义。但是任何组织都不喜欢人们一言不合就退出游戏，你怎么可以不被管理，侮辱人类社会的文明？

我们的历史上看不到真正的隐逸者，他们完全消失在人类的视野中，自然把他们很好地隐藏起来，爱护他们。我们看到的，只是我们被允许的部分。

辋川与桃花源都还只是在主流的边缘，甚至都不在边界。王维少年得志才有钱重建辋川别业，而陶渊明至少也有机会开荒南野，才得有“方宅十余亩，草屋八九间”，否则故人挈壶来何处？谢灵运的山居或城傍，依赖谢氏家族豪门的财力。花很多钱建立一个固定的居所，在今天都是一件困难重重的事情。极少人直奔山林而去，首先都是要锻炼出生存的能力。似乎是《楚辞》中最初出现招隐诗并恐吓隐逸者大自然的危险，王羲之嫌弃“古之辞世者或披发佯狂，或污身秽迹”，所以兰亭畅饮参与者大多豪门大族，王羲之本人也是。会稽本是休养游乐之地，这玩法恐怕要追溯到汉初之上林苑，皇帝开始人造自然，并充满了认为可以驾驭自然和宇宙的信心，他有可爱的一面，但是人们逐渐也巩固了以皇权和人类为出发地的世界观，当然这是我的看法。

“王羲之们”必须仆从相随“获逸”之后，才得以仰观宇宙之大，而谢安虽放情丘壑，每游赏必以妓女从之。老子说道法自然，庄子建议归于内心，人们越走越远，自然在帝王眼里是江山，在文人心中是山水风景和自我的背景，我们看得到的文学历史上记载的人们对山野的渴望和退隐相一致，社会、官宦之路成为归隐的对境，大多需要物质基础。西晋的张翰在秋风中思念莼羹与鲈鱼脍，是很多离乡的人都会想的吧，但是他们无官可辞所以不会被记录。普通人的隐逸，恐怕必须像晋朝隐士郭文一样，尝试在物质困窘中得到精神满足。

威廉·华兹华斯大约为美的需要开始他的行走，并启动西方世界走向自然与环保。但我仍然把这看成人类的本能，回到自然是人类恒久不变的本性，而不是历史或人文赋予的。

他真是可爱至极，他除了自己和宇宙什么也看不到：

我选择漫游的云
当我的向导
我不会迷路

济慈跟随他之后，决意追求读写的生活，以最低的花费看欧洲：

我将爬上云，住在云里。

华兹华斯在1810年为湖区写了旅行指南，使人们产生了对自然风景的爱好，把人们带出人工花园，却没有想到人们后来将致力于把行走的世界变成一个大花园。这样的游戏也在中国如火如荼，人们把自然圈起来，修建公路和豪华酒店和庄园会所，在安全和奢侈中观赏他们的自然风景。他们发明了一个词叫作“隐奢”。庄园和隐居可能有，但不是必然的关系。而有一些人从城市退到了乡村，他们中的一些更像隐者，他们有所反对，比如我大理的一些朋友，其中有人来做“隐奢”的生意，有人真想回到土地，可是又不免在土地集约化生产的进程中，在真正的牧场和农村消失中仓惶逃离。

我热爱王维与陶渊明：王维阐释了心灵自由的可能，而陶渊明在土地的生活中释放着温暖；王维在真诚中疏离，陶渊明在真平淡里偷偷地调皮。实际上，我热爱此刻在我脑海里经过的每一个人，我怎么能不爱王羲之、谢灵运呢？他们在历史的旷野中，以不同的心性站立，成就了今日的“我”。然而我仍然不必拘泥于此，历史与人文的记述，今日世界风格各异的美术、音乐、文学、工艺，来来往往莫非人，欣赏他们，却不必被什么诱捕，也不必设立成规和限制。否则在庄园和牛棚，都不是精神的开始。

香菱问黛玉如何学好诗？黛玉为她拟了一个顺序，先学王维，再看杜甫，后读李白。然而还不够，她说要追溯到魏晋。我以为还不够，王维是要复读的，王维初看纯真空灵，再看要体悟辩证与对立转化；之后不必沉下去，魏晋的放逸风度之后，还要追往乐府与《诗经》，那里有文人少有体验的、那些纯然素人来自大地的欢辛。然后她说，“不必穿凿，放胆子去”。不必拘束在人类营造的“自然”和“生活”中，什么都不要看了，你经过它，然后在天地中寻找大自在和活泼的诗意。

我在黄昏出去跑步，迎着夕阳。做这样的事情，让我觉得内心趋向完整。越过山林，惊起倦归的鸟，它们振翅四下飞走，我加速向前，越跑越开心。星辰初起时回转，把半个土豆再烤热，顺手烤几个蘑菇，加上盐，完美。

7 月 31 日

7 月的最后一天，天色尤其可喜，霞雾弥漫，万物兴致勃勃，热闹异常。

鳞云递来密码，夏天就快要离去。

跑步、拾柴、汲水、打茶、看书、晒太阳、打瞌睡。醒来时落英缤纷，有点想家。

我的院里有花草蔬菜，另有一棵冬樱花、一棵桃树、一棵橘子树、一棵梨树，中庭有槿，荣落一晨。它们都不用人力照看，天地自养着，冬春夏三季有花，夏秋冬有果。我在树下晒太阳，下雨也好，就在廊檐下听雨。我负责赞美它们，并享用美好的一切。夏桃既落，秋梨初成，橘子挂果，木槿花此时可赏可食，这个时间我外出，怕是它会怨我辜负。

檐下的燕子，它们来了，它们谈恋爱，它们生孩子，它们喂养孩子，教它们飞翔。此刻，怕是在准备举家离去吧。

我吃掉小半个西瓜，却不知道回赠我西瓜的朋友几天之后就要故去，我都来不及让他看到在这山谷拍的照片。无常若为我们精确知晓，就不叫无常了。

黄昏的时候胃不太舒服，气滞不畅，怕是贪凉吃多的缘故。起身到草甸上，选了一株木香，木香行气止痛，正合当下需要。森林和草甸中大多数植物都已被人类找到药用功效，在牧场上的常见病痛也都可以通过草药解决，换一种眼光看过去，木香、银莲花、唐松草、虎耳草、圆穗蓼、尼泊尔香青……这草甸就是满满的药材库。

木棍与刀子并作，我在植株下方，按照它的身量，洞口直径差不多二十多厘米，二十五六厘米深，底部直径六厘米左右，上宽下窄挖一个圆锥状的洞，取了这棵木香。泥土并不如我想象的那么松软，我取出木香摆在草甸上，它身边一堆石子。我数了数：

4～5 厘米以上的 5 个，

3 厘米左右的 5 个，

2～3 厘米的 23 个，

1～2 厘米的有 39 个。

它在成长的过程中，遇到了这些。我看着它们，除了说抱歉、谢谢之外，还能说什么？数完之后，摆拍纪念，把土层覆盖回去。

夕阳正从西面发散来柔和的光，一万朵粉红的圆穗蓼正逆着光轻轻招摇。

北宋画士王诜必是细细观察了疏雨之后月微烟淡，从暗夜到启明晨光的精微变化和暗暗呼吸，才可能辨出“蓼花明、菱花冷、藕花香”，我喜欢这样的精致，但此刻不用，放眼看就好。圆穗蓼是优良的牧草，在川西藏区，它开花的季节正是小羊羔可以在草地上吃草的时候，所以它们被叫作羊羔花，人们唱歌，“羊羔花盛开的地方，是我美丽的家乡”，这让我想起“天苍苍，野茫茫，风吹草低见牛羊”，这些是天成的素人之歌。

8 月 1 日

成千上万的杜鹃花在 7 月初就开始凋谢了，春夏轰隆隆地到来，然后迅速离开。

樱草杜鹃小小的白色花朵如今凋萎成黄色，在向下的枯叶中，稳稳端坐在枝头，一小束一小束的，像逃离了婚礼的新娘的花束，略有得意。

我从草甸上走到山巅，又走回草甸，万物不必笑我这来回的徘徊。我的鞋面上沾满各色花瓣，它们也无谓，且来且去，不惹怜惜。

下雨的时候，我和马群在草甸上淋雨。

一只乌鸦从我头上低低掠过，横向飞往对岸的冷杉林。我吓了一跳，眼光追随它去到那半山以上的冷杉，山崖隐没在雨雾中，雾气随着冷杉的走向起伏。另一只乌鸦迅即而来，稍作悬停，又急急而去。

雨丝密密织织，我不动时，雨组成一张网，我走动时，它就迎面扑来。我喜欢迎着它去。流雾正朝着西面涌去，顺着山脊的走势连绵不断，沿途吸取林间的水汽，越发壮观。烟云滚滚中，轻巧的浅绿都隐没了，唯有经年生长的暗绿，才被赋予了和山脊一起在其间出没的权利。

鸟有鸟的事，马有马的事，山林有山林的事，我有我的事，我们都发生了一点可有可无的事。

我自由了吗？我解救了我的无家可归吗？

雨停的时候，马群中一匹幼年的白马成为奇迹。它独自信步走着，一身日光。太阳抚慰它的脸颊，它报以温驯的眼波。全宇宙的赞美都凝固在它身上，注视它。

世界和蔼可亲，我觉得我早已认识它，它在展示充分的自由和发展的可能，雨雾、阳光、一切生灵洋溢着美妙的韵律和节奏，准确可感。

一男一女远远出现在我的视线中，慢慢走近。我们彼此都很惊讶。这是夫妻俩上山来采药，遇到刚才的雨。我请他们进牛棚，加柴燃火，让他们烤干湿衣。我给他们打茶，并拿出早上的粑粑。我说，面没发好，没有酸水，他们点头，是啊，牛场都没人来了。

我给他们加茶，酥油茶打得好啊，一会儿，男的笑眯眯喝了一大口，放下警惕。他们对我的惊讶保持到我们聊起彼此都熟悉的药材，我继续以我拍花和喜欢植物解释我在此的原因。我问，挖的药是卖的吗？他们说不卖，是给家里人的。医院的西药好，一开始快的，慢慢地（药效）就小了。女的腼腆，男的跟我说这话的时候，她抬眼看她男人继而看我，似乎觉得她男人不应该这么说，我心里旋即一痛，赶紧给她加茶，顺便给她看我挖的木香。

他们继续往山里去了。

而我在午后迎来我的两个朋友。他们也来“拍照”，顺便拎我回去。不得不说巧克力很好吃，还有手冲咖啡。我们聊聊外面的一些事情，似乎并没有什么新的事情发生。

我忍不住跟他们讲了上午采药的夫妻，以及一个陈年故事，我们曾经希望在当地开展藏医与针灸的免费培训，一些官员拒绝了，并让我参观了庞大的医药品仓库——来自内地的捐赠——我不能肯定和否定什么。

晚间他们跑出去看有没有星星，然而并没有。有点沮丧。然而怎么会没有，傻。

我坐在火塘边，拿出小本子继续乱写。带上一个小本子，并大致记录我这些日子，是因为要写出一本书。准确地说是因为生活没有出路。我不知道到底谁会听一个落魄的家庭妇女絮叨，她正创造一个有点装模作样的自己。出版人大概比我还神经，我想起他的微胖身形和晶亮的眼睛，隔空吹响口哨。哈哈，High five!

顺便记录一下，我在这里的所得：

1. 身体健康，体力加强，做饭砍柴技艺进步飞快。

我的手臂有一点肌肉了吧——我希望。

2. 吃得少，肚子小。

3. 垃圾分类处理，基本没有污染环境。放屁除外。

4. 想了一些没想通的问题，意料之中。

5. 没有人可以说话，我大约改正了一些急于分享急于表达的毛病。也可能没有。

我真的可以不说话。

6. 我和马群成为朋友——我以为的——它们也必须承认。

7. 我再次确认多样性的合理，世界万物，包括人的生活。

8. 我可以不用兰蔻眼霜，以及塑料袋。

9. 藏族人不吃松茸是对的，牛屎菌才好吃。

火塘就是比空调舒服。

10. 并没有什么神降临到我身上，我也没有发展出任何特异功能——可能时间不够。灵魂也没有被“神”选中，成为代言者——我是不是该失落一下？

我了解了宇宙智慧。我一无所知。你猜呢？

11. 我拍了一些美好事物。更多的在我眼里。

12. 天地很美。好多说不出的话，我跟小溪说了，它们要先去金沙江，再去大海。

还需要记下一个缺点：

我想儿子了。

8 月 2 日

起来！我们要去爬山！起来！我们要去往荒野大泽！

我们要跨过山岭，越过河，我们去看海！我们去看月亮初升！

我把他俩拖出去爬山。我们爬上扎给神山，一路经过绿绒蒿、风毛菊、龙胆花，没有多做停留，我们拒绝香柏林，它浓郁的香味正随着太阳高升。我们要上山！直到我们站在最高的山巅。我们看山谷蜿蜒、山脊斜列，延绵去北方，还有像掌纹一样密布的大小瀑布溪流。大地蒸腾，生命向上，逆着阳光来的方向。

我们看到群山闪耀，马群漫步，在云烟的间隙。

我累了，在阳光下躺倒，后背微凉，升腾的地气下是彻骨的寒，而身体的正面，正在接受高强的紫外线和微风，我旁侧的一株紫堇也有同样的感受。

我所在的大地正在以微不可感的速度继续抬升，风雨流水也以它们柔和的力量削减它，动物和植物的生物体在平衡中相处，它们相互摧残、杀戮，又和谐地繁殖，而人还在寻找融入其中的方法。山野之外的世界一片忙碌嘈杂，森林和海洋正在以深沉安宁平衡它。光之子驾着金色马车呼啸而来，原谅我吧，此刻我睁不开眼。在这宏大的史诗中，需要我这样，小小的被允许的休止符。我不赞成也不反对，我想和一切无关。

下山的时候，我们跑得飞快。我们唱歌，好得意。“在那山的那边海的那边有一群蓝精灵，它们活泼又聪明，它们调皮又伶俐，它们自由自在生活在那绿色的大森林……它们齐心合力开动脑筋打败了格格巫！它们善良勇敢相互都欢喜……啦啦啦啦……”

晚饭我们做了好吃的菌子杂锅菜，吃到下巴快掉进锅里。然后我请星星来，好给他们看，星星如约而至。

马群也来了，我知道我们是朋友没错，它们是永远年轻的灵魂，拥有无限的青春，它们是美丽世界的孤儿，我在心里跟它们告别，在还来得及的时候，它们领会了我的眼泪。我有一瞬想起嵇康，“风驰电逝，蹑景追飞，”它们不必知道。再见，各自走吧。

当星星闪烁证明天空时，有人漫步，有人拍照，有人胡思乱想。先锋种子更多需要的是速度、判断和果决的对应。我的叛逆至今没有出口。

我不能只赞颂风景或事物的美好，如果要准确地说明我在想什么，那么我只能摊摊手，这太困难。我这么尖刻，不喜隐喻，所有没说清的，就是说不清的，是我所掌握的语言无法描述的，我的思考受困于此而变得可笑，语言背后强大的逻辑与价值体系，就像鱼在水波的网里。但这又多么好，作为一个人，我从小就发现自己永远无法弥补的破绽和局限。我的收获，是在一个巨大饱满的力量面前，稍微看到我的精妙，也看到我的不能。

生命，无论从哪个角度来讲它都不是个体，是所有人的生命，所有有生命以来的一切生命——理解这一点的前提是必须先成为独立的生命。从这个意义上讲，简单地放到思考的实用性上，至少知道当人们处于疾病或困顿，如果只求诸个体的利益，最终只是镜中月水中花，人类不能独好，任凭哪一个物种都不能独好。众生的论调又像极了宗教，不小心被拉入了某种阵营，欲辩不得。

此刻风正吹拂树梢，我想起我家院子里的高大梨树，舍不得修枝，它太高了，任一场夜雨，高枝上未成熟的梨啪啪掉落，摔成几瓣。它们在生命竞争的跑道上败下阵来，我在远方为它们叹息。

一个人拍回来星轨，我已经完全没有兴趣，任何人都不必借助照片感知斗转星移。技术的强大使“看到”成为轻易的事情，大量唯美照片很多时候是炫耀的工具，有可能成为堵塞在真正信息流通路上的垃圾。19 世纪 30 年代发明的照相术，使人类通过记录世界片段的技术把远处不可及的事物“真切”地带到眼前。在更古老的时代，人们收集和传递信息，走过了最初的声音与语言交流，从岩画到后期的一系列美术、文学、音乐舞蹈等手段。15 世纪 50 年代印刷术和印刷机的发明带来西方世界的飞跃，以及今日的数字时代的更迭。技术的日新月异、层层叠叠，还没有带来实质的核心信息的传递。

四个月来用哈勃望远镜望向夜空，传回来黑暗中一角的天空里一千多个星系，每个星系里大约一万亿颗恒星，每颗恒星也许都有一个“太阳系”。也许有类地行星，也许有别样生命。我爱技术，我不能说我不爱。从拂过我的清风、鸟儿振动的翅膀，爱到130亿光年以外。

但我更愿意在这样的夜晚，独自静静地望向天空。

静静地，只是我的表面，整个山谷都知道我内心的不平起伏，它们从来没有停止过。

我还未曾真正抵达那个一直让我魂牵梦萦的“自然”。它不是花园，既不是日式侘寂、中式庭院，也不是英伦花园。人们一方面断绝了和自然的联系，一方面又竭力制造一个看起来更加密切的纽带。中国东晋豪族的庄园，18世纪以英国为首的欧洲花园，到今日城市的绿化带，为了获得平和与宁静，人们建造无数人造自然，种植和照料不同的人们喜爱的植物，假装它是自然天成的。

旅行也被纳入了回到自然的计划中，人们把自然裁剪成安全而有人文价值的风景。城市花园带给人们身心的恢复和慰藉，虽然比待在办公室和电脑前要好太多，但相比花园——植物园除外，我个人更愿意在家的附近，找那些废弃的、被拆迁还未及重新塑造的野地，石缝里长出的青藤，墙沿上的狗尾草，角落里未被铲尽的牵牛花，野草一样的箬竹，日常不入眼的酢浆草还有几分自然的样子。

我穿越这个星球有人类生命以来的所有时光回到这里，但“这里”的存在，仅仅是我的幻境，当我带着有人类生命以来的种种烙印来到这里时，这里就不是当初的样子了。

我有时厌弃我，要和我保持距离。我是谁？我的存在只是生物性和社会性之间的螺旋演进，我只是它们无声无息互相推进的过程中的一个片段、一个范本、一记空响。我是谁和我认为我是谁根本不重要，我根本不存在，但我梳理、想象、创造意义。我对世界、对宇宙观、对更大空间的贫穷感知，限制了我的想象力。

有人走过来，带来夜露与青草的气息。适时打断我。

你又在想什么？他问。

我在想金敦·沃德。我太熟悉他，顺口就答。他在这里找到绿绒蒿，而我沿着他的路，百年之后在他的湖畔找到另一株。

我太习惯信口开河。我背诵他的章节，“我并没有什么野心非要到达这些原始的山峰不可。然而，当我在日落的粉红色霞光中凝视着它们，当闪电起伏着划过天空，伸入山谷，落到地平线以下的行星，大放光芒，我有时就想，这些山峰未来的征服者是否会想起我，沿着我的线路，到达我的营地。”喏，你看，我现在在想他。

他笑。

“今天很愉快，我想起另一个人，”他说，“卢梭。‘我们走过原野，像一群游侠，东游西荡，飘忽不定，时而快速前进，时而缓慢步行。觉得什么东西有趣就去看什么东西，凡是风景优美的地方就停下来歇息，歇息够了继续前行……’”

我接着他未完的话背诵，“徒步旅行，就必须仿照塞利斯、柏拉图和毕达哥拉斯那样去旅行。很难想象一个哲学家会采取另外一种旅行方式，不去研究在他脚下和眼前的琳琅满目的东西。凡是对农业有一点兴趣的人，谁不想研究一下他们经过的地方有哪些特产和哪些耕作方式？见到丛山哪有不去采集植物的？”

我们笑。

下次带我们去更远的地方吧。

我说好。

其实我心里说，不知道。

我会和真正的孩子一起。我们在雪后观察星星积攒成的雪花，在六角形的阳光中思考雪花的奥秘。当春天的泉水从石头缝里汩汩地流出来，被拨弄得闪闪发光时，脚下地层的颤动，使山峦长高，使潮水产生波浪，滚滚大海汹涌澎湃永无休止，阳光带着风雨，悄悄给它们补充或消减。开满花朵的树随风起伏，我们就坐在树下，一唱一和。

8月3日

今天午后要离开。早上如常，生火打茶做饭。我去溪边打水。我把水桶放在溪边的一块茶桌大小的白石上，像第一天来的时候一样。第一天的时候，我在本子上记录了石头周边1.3米×0.8米的一块空地，上面有如下显花植物：

七株紫菀、三丛灯芯草、十二朵正在开花的蓤子芹、四十七朵火绒草、两朵金黄的锡金报春和四朵紫色的偏花报春，一丛还没有开花的裹盔马先蒿，还有一堆我懒得数的黄色高原毛茛和圆穗蓼。

今天要走了，再来看看。报春的花朵全部凋谢，只剩寥落的枝干，这十来天，它们的生命走向尽头，我其实目睹了整个过程。我看着马先蒿开了又谢；紫菀的舌状花零零落落，反转下曲，即将落尽；火绒草有些成熟了，又有了新开的花朵，数了数，大大小小五十三朵；毛茛和圆穗蓼开开落落，边缘有一个清晰的马蹄印，看来清晨马儿来过，花儿暂时倒伏着，它们很快会恢复生气。

凋萎的花提醒我生命的巨大变化，其他的花草变化看起来不那么大，但并不因此时光就没有作用，它们中一些长大、一些衰老。我没有看到的，还有它们的根在地下的生死，还有那些小小的昆虫、鸟儿是否来访？以及我不知道的一些什么。

溪水流到叶日村，从山脉的东侧去往金沙江，我和它们每日的交谈也随着浪花流走了。这条山谷就是我的坛城，我来了，我和这里的一切，在这十来天里都发生了一些变化，我只能感知其中分毫。在这个大坛城，以及小小的石头边、草地上，生命的形式和变化包含了世间的一切可能。我将告别，我要走了，但是我们都会留在这规则中。

我们的车在山的褶皱和黑云的间隙中穿行，冰雹和雨交替。

我们在另一道山脊最高处的流石滩停下来，我不能忽视在雨中晶亮的黑色片石和碎石，以及其中熠熠生辉的紫堇与绿绒蒿，它们也是美丽世界的孤儿，我已经贫穷至极，没有更多赞美的语言。我只能把我的心跳给它们。

在一道转弯的地方，我看到岩石缝中饱满的一株绵头雪莲，来接我们的司机大哥一定跟我同时发现了它。

你拍吗？我拍。那你先拍。

十块钱，至少，菜市场，游客喜欢，他说。我点点头。

我的念头飞快地转，给他二十块？留下花？

然而我没有说话。眼见他伸手摘下它。我能说什么？我甚至都不愿意感觉悲伤。

下一道弯转出来，是阿茸之前的牛棚。他的牛在这附近散放着。这两年阿茸以开车拉建材和拉游客赚钱，牛群先是请了一个牛倌照顾，牛倌年轻且技术不好，后来村里几家人联合，委托其中一家放养，也无法完成正常的生产，现在就这样散放在山上，隔一周或十天来看一次，打算明年就卖掉。

我们在路边停了好一会，以确定其中的一匹母牛是否生了小牛。过了一会果然发现一匹还走不稳的小牛。似乎是凌晨才生下来的吧，它歪歪扭扭地刚刚站起来不久。我问司机，他也是老牧民了。他乐呵呵地点头。相对而言，人类的婴儿多么孱弱。我们蹲在路边一直看它，新生命是一头黑牦牛，鼻子上有一块滑稽的白斑，它懵懂着，好奇着，到处嗅一嗅，跌跌撞撞。

再下一个弯，手机有了信号，嘀嘀响不停。我自人多的地方来，又要回到人多的地方去。

司机立刻打电话报告小牛的消息。我接到威廉发来的信息，他和两个儿子以及小女儿此刻正行走在北美的山地，这是他们家持续的传统，他发来野营的篝火，以及美丽的蝴蝶照片。我忽然毫无节制地想念他，正在天空疾驰的风云可以为我带去心意。

第四章

牵风

我在入秋之后的第三个星期天，从白马雪山第二个4100米的垭口下到谷底，沿着珠巴洛河河谷上溯，三个小时后重新到达主峰下冷杉林边缘4400米的草甸。

我只是去看看我的森林。

人们在春天树木发芽的时候惊呼春天到了；然后说，树叶变黄了，秋天到了；树叶落尽时，是感伤阴郁的冬季。似乎除了这几个时点，树木都逃离了人们的视线，仿佛它们不是每天在变化，而是三级跳一样，走完了一年的时间。

世间万物都离不开时间流逝的底色，只是以不同的面目来呈现，一棵树的时间是不能衡量到人类目前精准而线性的时间系统的。它自己的时间记忆，大概是每年的第一场暴雨，气温陡然升高，一次又一次的浓雾，一棵松萝的缠绕，它变绿又变黄，霜降，下雪，以及某几次小鸟跃上枝头的欢唱。时间在三维空间上的叠加，还能呈现这几千万年来的变化，一棵树也许记忆了冰川的反复覆盖与消融，以及消融时的每一滴水。

沿途的大果红杉都换上了明亮金黄的色彩，它们与暗绿的冷杉一起排列在白马雪山典型 U 型谷的冰碛谷两侧，对比鲜明的色彩涌到我跟前，延伸到我身后北方的山脉。这是我喜欢的四季的宏大诗篇，天空在秋日摒弃了云的幻境，无可指责，正直高远。

我同时也爱着沿途散落在地上的绿色、金黄、赭色、各种颜色的叶子，以及各种不同样式的果实，满载植物本身与时光的信息，一片、两片，一个、两个，它们掉落了，把自己作为送给大地的小礼物。而花季已经基本结束，除了龙胆、菊科、蓼科、乌头属的一些小花，我们像熟人一样相互招呼。

黄昏的时候，我裹着厚厚的羽绒服，坐在我的大果红杉下喝茶。风吹过林间，由远及近，簌簌而响，当它从林间出来时，调皮地冲向我身后的这棵，摇动树枝，把针叶大把大把地吹落，让其中一些落入我正端起的茶杯中。我在森林里待了好几天，除了上方的暗针叶林、大果红杉，还有白桦红桦、槭树、杨树、柳、云杉、花楸……它们正色彩斑斓，加起来，被叫作“秋色”，我赞赏它们，并和它们一起庆祝一次圆满的小轮回。

我的那棵大果红杉，生长在白马雪山上，它站在第四牧场的冷杉林边缘，我说是“我的”，并没有经过它的同意，也许有点一厢情愿，也许它暗许但不屑于诉说，毕竟我们认识了十八年。十八年大约是人的一生中非常重要的一段，对它可能无所谓，对我足够漫长。

我认为它跳出森林十几米的距离，独自站立，是为了更好地看到东面的雪山主峰，日出、日落，月光、星辰，这和我太像。我以它为知己。我常坐在它裸露在地表的根系上，舒服地背靠树干，和它一起凝望不远处的雪山。

我们喜欢这样的世界，在变幻中真实不虚。我的欢喜透过树的呼吸到达树的身体，再深入黑暗泥土中，密密的根尖闪烁的信号如星辰一般，传递着它们，使远处的森林、林下的苔藓都能获悉，使整座山脉欢喜。

德钦的藏族也在这山地间获得欢喜，他们特别喜欢跳弦子舞。有一首传统弦子歌唱雪山上飞来白色雏鹰，诗人马骅把它改编成了诗歌：

我最喜爱的颜色
是白上再加上一点白
仿佛积雪的岩石上
落着一只纯白的雏鹰；
我最喜爱的颜色
是绿上再加上一点绿
好比野核桃树林里
飞来一只翠绿的鹦鹉。

而我喜欢的白，不是雪山，也不是雏鹰，我喜欢的白，是无意落在雪山上的月光，雨季的时候，沿着冰川缓缓降下的云，以及在暗针叶林间游荡的雾。这正是我和大果红杉一起面对的世界。我四十多岁，这棵树一百多岁，我们所在的山脉四千万年，头顶上夜空中的繁星更年长无数倍。

我喜欢马骅这首诗歌，因为他对唱着这弦子的人有着深沉的理解。诗人看到他人，并从他人回看自己，证明哲学与美并不独独属于某一些地方、某一些族群。我从积雪的岩石、野核桃林中看到不同海拔、气温、降水，不同的植被群落，以及对应的不同的动物；我看到纯白雏鹰和翠绿鹦鹉羽翼的光芒，生命力使它们呈现灵动的瞬间；我凝望这些简单的元素组成流动的意象，看到第一场雪开始日夜的积累，看到第一场雨开始点滴的沁润。

风在弦子中的来往，山川和大地在诗歌中呈现四季的变化，鹰和鹦鹉分别在高山与河谷扇动永恒的翅膀。曾经有一双眼睛饱含深情地注视着这一切，他无法用言语诉说，他拉起了弦子歌唱。另一个人听到了这些歌唱，他也看到这蓬勃的世界，他用诗歌来记录。我看着他们，与这同样的世界，想询问这些流动的意象下隐藏的普遍力量。

拉起弦子的藏人，念诵诗歌的汉人，我听取他们，和这苍苍大地。我们每一个，以及大地本身，掌握了某些相同的东西。我们是不一般的知己，我们遵循着一条看似秘密其实坦荡的路径，在渺渺时间里，彼此对照，彼此记忆。

我一直试图找到我，然而我一直找到的是我们。“我们”是固定的描述，是已经给出的世界，已经给出的意义和秩序，无论它是伦理的、宗教的、政治的、组织的、美学的、科学的……我记得好像有一首诗《当世界还小时》，不确切是否确有其诗，但是我喜欢并想回到那样的世界。我试图把“我们”扩展到更大的一个范围，如果我终究不能脱离范围，那么只能扩展边界。

日出时分是我的高光时刻。我在一年四季中周而复始地凝望日出的红光照耀到卡瓦格博雪山上。虽然一定是有数可记的，但我确定，我看了无数次日出。或者说，我始终在看同一次日出。

我在与山的接触中望向他人，无数的游客来往，为了这短暂的美景，他们纷杂的谈话中不乏真义，也有混乱的表演和杂技。如何让我们在迂回的道路上更好地了解他人和自己？一个人了解自己的必要性在哪里？观赏“梅里雪山的日出”几乎是近年来所有游客的心愿，这个心愿背后，有着人类近几十年来由于技术的进步生出的“探索自然”的笃定和表现方式，一张日出照片、一张星轨下的雪山，独特的形式越来越多，反而缩小了雪山所提供的可能性的幅度。

我借助描绘世界来描绘自己。我借助自然的“象”来指导自己，如何自处，如何生，如何死——如果可能。

日出时分是我的高光时刻，但是比这更好的，是日出之前。当天色微启，天空、山脉、河流、森林、村庄、人畜都各在其位，鲜明又混沌。阳光作为最大的力量还没有来得及介入，一切的念想都还没有生成，世界清明安宁。这便是饱满的“空”。当阳光作用于一部分空间，温度在不同空间开始不平，这便是虚的开始。“有”的力量开始推动云层的流动，万物的苏醒，与此同时，另一面“无”的力量在消减它，“有”用了一分，“无”就用了一分。“有”和“无”作用着，交换、填充、消减，虚尽空来。

日出之后，当人们纷纷离场，世界又呈现新一轮的饱满，直到下午冷热分布再一次打破平衡，风再起，又成为摄影家喜爱的黄昏。

“空”不可见，因为其间的一切事物都不彰显。人们总期待它的下一场，观赏并欢呼万物在虚和流动中呈现的自我。而时间在一边默不作声。

如果在空空之中，便不必有自我。大约是，暴风雨之前以及之后的宁静混沌，大雪忽然止息继而飞扬之前，一场浓雾密不可破还没有起意消散，已经长成的翅果不知道也许会遇到风。

我因之这样去理解空，并认为人们把“空虚”当作“空”是不合理的。“空”是一种饱满的状态，一种有着无限可能性却还没有生“意”的状态，也就是说，这无限的可能性尚未被思索计量。而虚，是呈现了“意”的力量，呈现不同的“相”。“有”在于实现这些可能性，“无”则是尚未有实现的可能，或者还未出现实现的原因。“有”和“无”都代表一种失缺，一种可能性的实现和否定都代表了另外可能性的闭合。这一切来回转换成为我们的时间。

我躲在人群后面，看着他们的背影，我一面感动流泪，一面从他们对自己发出疑问。

我们每一个人都呈现不同的“相”，都自以为有不同的自我，我们与这一刻的日出壮丽的景象，或者没有日出时阴霾的天色，与在这背景下呈现不同“景观”的山脉、河流、风、森林，诸如此类，一样只是某种宇宙规则全部存在的共同基础，一种普遍力量——宇宙也是一个我不得不借用的，人们界定的概念——在这一瞬间的现象呈现。我们漂流在不间断的时间里成为不确定的符号，一旦呈现，就是某一个瞬间某一可能的性相，而不是全部。呈现必然会忽略其他潜在的可能。

那些人们曾经以为永恒的事物，一样会在时间中死亡。山、海、天空、星辰、宇宙、时间。所有的事物都是等同的，都拥有自己的时间的量，在其中呈现并终于消解。而时间，也是一个人类界定的概念。如果确有其事，那么“时间”也非永恒，没有任何事物可以脱离真正时间的追索，包括“时间”自己。

我常常独自看日出，从天色未明到日光高上。我常常在胡思乱想中翻山越岭，疲惫不堪。

我给自己一些小小的，做不到也可以的“规矩”：

1. 人的自我呈现是瞬间的小小性相，并不断变化，不必执着。

2. 今天人们掌握的知识、学说，无论看起来多么“真理”，在时间中都并非牢不可破。

3. 归向何人说生死？每一种文化，每一个族群，古人和今人，我们每个人，都无法从时间中解脱出来，我们总在表达时光匆匆带来的痛苦，任何人都不会在这种悲哀中感到陌生。我也不必从我们中脱离出来，我们是一个整体，我们是时间的一部分。

4. 我或者可以以另外的方法给自己一定的解脱。当我谈到“空”，谈到“有”“无”的时候，我必须意识到当一个人的“意”与“志”越少，欲望越少，他受到这个世界表象因素制约的可能性就越少。我的心力有限，应该尝试更多地让自己处于“空”的状态，我正在这么做。

在每天的时间中，在一年的安排中，在工作和生活所谓的计划中，安排出这样的时空，把自己“藏起来”，并使自己无“意”杂乱——当然，这也可以是我长期、经常性失业的借口——我静静等待一些我还不知道的可能性，什么也没有也是其中之一。

5. 我从“我们”中走出来一点，便不再去反对我们，当事物回到这些所有纷繁复杂的现象下潜藏的普遍原则的时候，之前的“我们”就只是其中的一个子群，无论哪一种“我们”，都显示它存在的合理性。

6. 减少参与组织和系统是必要的。“科学教”也将和别的宗教一样，慢慢在实践中历练变化，我乐意享受一些技术，比如借助哈勃望远镜望向夜空。但人类创造出的种种“完美产品”总是可疑，选择性游历就好。

我不必，其实我无力去论证以上种种。

我也无意论证一种完整，懒得维护追求完整的这种秩序。

十二月初冬，一个平常不过的日子，我在炉火温暖的家里，打开落地灯——其实这只是我曾经的家，如今是某酒店最贵的小别墅——我屋子的客厅有两扇竖向的狭长落地窗，窗外是一片黄背栎树，一直延伸至不远的山顶。当我卷起薄纱的卷帘，可以从任何角度，把其中的两三棵或者几棵树，框在窗户的画框里，它们都那么美。

此时，树木在屋外承受风雪——这是今冬第一场雪。

林子里灰暗阴冷的肃杀之气和屋内的温暖明亮形成对比，让我略略有些惭愧。屋子所有的窗户都是藏族传统的收分结构，厚厚的墙上，窗洞从外往内收缩，最里面才是小小的窗户，如果恰好阳光明媚，光线如舞台的追光灯一般，让人聚焦在室内，自成世界，不必渴望外界任何事物。

此时，这几扇窗户正如深海的贝壳，幽幽泛着青白光。上午到黄昏，雪都没有停，虽然只是小雪，但也堆出了十多厘米的厚度。德沃夏克的《寂静的森林》钢琴纯真，大提琴厚重，在耳边深切絮语，它们接住我的深情。音符随着我的目光偶尔凝视窗外，我们爱这泛着微光的寂静树林，以及每一片雪花飘落的声音。

今冬的雪花将在山巅积累起来，等明春融化成溪流。当它们力量积蓄到一定的程度，促使降雪的力量将消减到无，在深冬最冷的时候，大地反而空荡荡赤条条，平静得如同回到“世界还小的时候”。直到阳光从南半球开始转回，生成南风。风是流动的力量，空与虚之间的使者，西南季风在印度洋上空涌动，并且开启它们沿着澜沧江、怒江、雅鲁藏布江三大水道北上的行程，大地再次呈现出变化的心意，春雪洋洋洒洒，落在云岭与怒山山脉。河谷中春雨连绵，桃花将跟随风的脚步，从南至北，遍布山野。我将站在山岭上，在桃花雾中听风。

我只看过一株桃花，凝视过一片雪，面对过一次日出，我只观赏过一幅画，读过一首诗，唱过一首歌。

我感谢自然呈现了它，我感谢总有那么些人在哲学、科学以及艺术等不同的形式中发现并表达了它。

我是乐意待在森林里的，去林中散步，看阳光泻进密密层层的暗针叶林的树冠，宛如金色的琴弦，是多么美好的事，这让我总是感到格外亲切和平静。我的基因里，包含着人类二十万年来和植物相处的记忆，我捡起一根大果红杉的松针，深知我在某些方面完全比不上它。然而我也一样骄傲，因为我也是那种力量的精致呈现，我的身体里一样也有山峰的高峻和大河的蜿蜒，以及一片树叶的生动。我们都在这宇宙普遍力量的一贯性中，这种变化中的稳定让我免于不安，得以正直地生活。

我们都不可避免地生活在时间中。在时间的绝对性中，自然提示我另一种可能。在森林中，四季往来，时间在其中构成没有永恒只有转换的循环概念，在这个循环中，包含了植物自己界定的时间的秩序和表达方式。每一种植物都恪守它们自我生长需要的温度、湿度和营养，在外在世界满足需求的时候开始并完成自己的生长。

这个“时候”是什么时候？它并不会被精准计算，无论人类如何努力，这个世界上的大部分事物，并不会遵循人类现有的时间法则，它们认同自然的力量。

同样的小麦，5月份在雾浓顶村才刚刚长出一指高的小苗，在奔子栏的幸福村，已经抽穗饱满。3月21日春分时节，桃花不一定开，而5月底6月初，江边的永芝村，流苏木白色的花朵开满枝头，它告诉人们，这是种洋芋最合适的时间。

我的精神处于最佳状态，我在暗夜中歌唱。我在歌唱中遵循弦子悠长的节奏，它们代表雪花飘落的速度，青稞生长的速度，小牛从妈妈肚子里钻出来，踉踉跄跄走出第一步，是人们在四季的大地上，行走于田野牧场、森林和山岭的速度。上古之人，古老的族群，依据他们和自然交往的经验，制定了他们的时间秩序。今日，我依然看到很多不同的人以不同的速度在时间中行走。

我初来德钦的时候，总是埋怨当地人没有“时间概念”，所有约好时间办事的计划，往往因为苹果熟了、青稞下种、一场临时起意的弦子聚会被耽误。就连班车也没有时间，全车人等待某一件事而毫无怨言地放弃时间，这一件事，可能是途中司机要把几只任性的小猪带往某一个村庄，或者车上的某位老人遇见了车下的某位熟人，需要停车问候寒暄。木心说从前慢，从前慢是因为从前的时间秩序和今日不同。

我问阿牛老师，你是什么时候生的啊，他说不知道几月几号，妈妈说是桃花开的时候。我又去追问阿佳(奶奶)，阿牛老师什么时候生的啊？阿佳接到这个问题，微笑着，眼神低垂，穿越回某一年桃花开的时候。阿牛家老房子的窗外，每年 5 月下旬 6 月初，桃花开。阿佳不知道公历的概念，这个对她而言重要的时间被她定在“桃花开”这个模糊而精准的回忆中。

桃花开，临近的河谷海拔 2000 米的村落是 3 月，高一点的半山是 4 月，海拔 3500 米的雾浓顶村是 5 月中旬。我往往借用某种植物的花季判断人们的村落，也可以反过来，根据地理环境，了解植物的时间和人们的时间系统。

我用 J24 小型帆船做近岸航行，没有机械动力的帆船依靠风，我的心意落在轻风白浪上，不会在意到达时间。我钟爱的大溪地水手郭鲁鲁依，他是大溪地复原双体帆船从大溪地到中国福建航程的导航员，这艘船也仅仅依赖风与洋流的速度。作为船队在中国的联络员，我烦恼于无法计算确切的时间，直到他们完成所有航程，时间终于回到熟悉的系统。郭鲁鲁依不知道时间，只知道方向，水流和海鸟、风和水指引他。不知道时间，就是他的时间。

十多年前在尼汝徒步，当地人还基本不会汉话，我在岔路上抓住见到的每一个人，询问方向和时间，方向有确切的答案，时间则没有。三个小时？五个小时？然后我放弃了时间的追问，当地藏人大多没有手表，不知道一个小时是什么，更重要的是，这个问题不在他的系统中，一个小时是多久，并不重要。

农业社会有农业社会的时间，今日世界有今日的时间。我们对时间的体验不可能完全是个人的，总是与集体性相连。时间如此抽象，又如此具象地暗含了社会规则，代表了有话语权的某些人掌握的某些权力。每种文化、每种组织都赋予时间一种秩序，并希望人们在规定的强度和长度中完成某种时间责任。

现代时间观念的形成，是在 1410 年以来机械钟表的计数下发展起来的。清中期开始的宫廷记录，甚至

《红楼梦》里都向我们展示，西方的自鸣钟已经进入当时社会的贵族和富有家庭。在滇西北，20 世纪初外国人对当地市场的记录中，也出现了钟表。当地藏人接触这种“时间”应该在这记录之前更早的时候，但似乎极少使用，更多是观赏它。

现代时间精密的系统概念在中国的逐渐运用，应该在 1949 年之后，至少 1919 年之后。在钟表不再计划供应凭票购买的 80 年代，成为国人的标配，伴随技术革新，时间的秩序变得更加严密。国家和组织，每个人都有了各种时间计划，适应在时间中更快、更强、更高效。人们觉得时间紧迫，人生苦短，人们不断努力，不知不觉中维护着这个时间秩序，让它成为无可质疑的存在。

当我离开在雾浓顶的生活，我不能自然醒来，也不能等山雀或者牛铃叫醒我，我会误掉很多事。我必须要定上各种闹钟，以使我按照周遭精确的时间安排一种生活的新秩序，显然，机械调整的时间让我不习惯，它不符合我十几年逃离而习惯的自然时间。

我为何不能松松垮垮地活着呢？我和时间打交道的方法，构成我自己的世界秩序。

我只需要了解自己身体的自然时间和需要，像一颗流石滩上的种子，感应到时机恰好才去启动生命的力量，一旦生长，就坦然接受阳光风雨霜冻，摇曳光辉或在黑暗中蛰伏，或者懒洋洋地待着。

我给我认为有意思的事情相当的时间，四季变换，花开花落，第一场雨，第一场雪，大果红杉绿了，大果红杉黄了，梨花开，梨子成熟，水稻育苗，水稻插秧、水稻抽穗、水稻成熟……陪伴家人，读书，做饭，走路，玩闹……我把这些定为我的基本秩序，在其中自在。在此基础上，关照我的基本生活，在与外部世界打交道的过程中，对接并遵循这个社会的时间，控制总量并使之高效和享受。有很多别的时间概念不在我的秩序里，因此我有得有失。

想知道一座山的时间、一条河的时间、一朵白云的时间，我知道它们自己恐怕没有这个需求。

我带着自己，和自然在一起，和古人在一起，我们秘密地继续我们的整体，以使我在另一种我喜欢的更大的时间概念中。

我的儿子出生在东北季风风起的时候。风从日本海吹来，沿着台湾海峡进入中国东南沿海，吹起东山湾连绵起伏的白头浪。东山湾上，曾经有一艘单船舷边衍架拖网渔船，中国近岸最后一艘无动力大帆船，当它伸开双翼架拖网航行的时候，好像御风飞行，因此，闽南话叫这种船为“牵风”。这些木船因为工作效率不能满足现在的时间，已经被时代放弃，而我爱恋这过去的一幕，为儿子也取名“牵风”。

牵风船受制于船型本身的模式与材料，动力来自风与水，也最大程度地符合了这一切力量和合的基本特点，得以在疾风和浪头上呈现自在灵动的性格。

从儿子七个月开始，我们在自然中行走。他按照他自己的时间学会爬，学会走，学会说话。当他上小学的时候，我和他一起探讨他的时间的可能性，上学和完成学校的作业，这是他成长中需要的其中一种时间概念。

每一天他都有足够的自由时间随意发挥，做些有的没的各种搞笑“无用”的事情。有时他什么也不做，就拖块纸板或草席，在梨树下发呆晒太阳，和风交谈，俨然我的知己模样。我在廊檐下荡秋千，晃晃悠悠，偶尔看向他，风就在我们之间来往。我觉得这很好。一个人在他认为有意思的事情中沉醉，感受到并记忆自己的热情和自己的时间。在他的一生中，时间不必成为一次性的价值追求。

时间直线向前，有时转圜，有时一动不动。

古老中国有二十四节气，来自对自然的观察和作物的生长，人们更新着生产和生活的时间，也在哲学与文学中寻找永恒与刹那的关系。埃及的时间有周期和静止两种不同词汇，前者源自古人对尼罗河涨落的记忆，后者也许来自仰望星空，有些事已经完成，正在消失，有些事尚未发生，正在变化，它们同时存于现在。

自然其实分别向我们提示了至少这两种概念。一种可以用“永恒”表达，另一种也许是“轮回”。我一直好奇，人类对时间的感受、疑问和执着，究竟是如何开始的呢？

我和古人、我和其他人身处不同的生存环境，但是根本的行为方式与情感大约一致。有时我防范自己理性与逻辑化，愿意尊重和珍视一个人的基本感受。时间是人类共同的最大话题，并分散出种种议题。在时间的魔法中，太过流连或执着于某一片段是无谓的。

系统，也可以叫组织，是人们固化时间的其中一种方式，人们营造了一个个闭环概念，希望借此获得某种安全。比如我爱他，他爱我。比如家庭，比如单位，比如民族和国家，比如某个学派、某种物质的积累、某种技术、某种工具。比如我现在所用的文字系统，带着几千年的时间，以及人们在时间中营造的种种概念，正结结实实地把我扣在其中。当我们把时间平面地铺开去看“同时”，纵深地前瞻后望去看“过去和未来”，在人类的努力认真中也会看到谎言和玩笑。

系统和组织提供“我们”，提供人与世界的公共叙事，传递思想、讲述过往、提供指导、暗示意义、激发思考，当然，也包括恐惧。

一个人，无数的人像一颗颗种子，带着生动的希望出生，受到时间的削砍，不仅是肉体上物理和化学变化的折损，还有时间无常带来的人类累积已久的恐慌和对抗，尽管有时候它也以平静的面目出现。总有人可以透过人类文明的图解，找到人类精神的生命力。我用了“无常”这个词，希望不要有人让我认真解释它。只要我开口说话，或者有这个念头，我就大部分还在这些系统里。时间本身，流逝或永恒，也许是人类营造的最大的闭环。

我庆幸在汉字系统中，和某些古人相遇，也许是某位诗人、某位哲学家、英雄或傀儡、厨子或剑客，还有无数没有露面的白丁素人。也在其他不同系统中，去完成和他人、和时间的对照。有一些沉默，没什么可说，没有声音。有一些太吵，有一些混乱。

我在自然中和山川草木议论轮回和其中的变化，使微风吹过我毫无障碍，使我和疾风一同奔跑，见证某一刻的消亡、某一刻的重生、某一种不那么确定的未来趋势，以使我依附于更大的力量。

我和一些人发生了一些关系，不外乎结伴、分散和对立，心知这些多少会影响那一刻和之后的时间。我和我们每一个握手，谈论每一个初生和衰亡，为我们每一个欢欣悲伤，也不那么认真，不那么当回事。我做这些事——打这些小算盘，也许觉得这会拓展并延续“我”这种生命形式，似乎也可以符合系统定义的安定美好，并有了那么丁点永恒的意味吧。

大理的苍山，绵延于东北方向的横断山脉。山有十九峰，峰间十八溪。某一条溪边，有一座寺院，院内刻有古老的字迹——“暂寄”，独立在佛的主殿之外。我有时去混个素斋，有时去偏院的梅树下喝茶，有时不进去，只在寺院外侧斜坡上看几朵淡蓝的绣球花，有次忍不住偷摘了两朵，三步两步跑下青湿台阶，老和尚就在松林里哈哈大笑。

我游走在时间陡峭又刺激的曲线上，种种胡思乱想并没有脱离古往今来人们的思索并取得特别的答案。在循环徘徊之后，无非更接近于他们，我们可以在时光的河流里曲水流觞。

儿子给我讲杜甫的青天里飞过白鹭，它在西塞山前掠过春水，被酒醉的李清照惊起，正飞过重重荷影，他正开始构建他的系统。

我们打开家门，看白鹭飞过春天的微雨中初生的稻田，其中一只飞离了伙伴，它独自停留在一棵单独的树的顶部。这种鸟如此寻常，又如此澄澈，正好可以是人们概念中悠然生活的代表。

我们在梨树与樱花树间，这里是西南季风最后的领地，有时候风来，有时候不来，我们并不在意。我在原来的猪圈上搭起了一间小房子，朝向洱海的方向，因为人潮涌动，我没有开窗。阳光从南面和西面的窗户次第照进，我根据它来到的时间和地点，明暗纹理，安静或回声，沿着这些方向喝茶，看书，打瞌睡，工作一小会。南来的风越过高高的照壁变得轻柔许多，有时即便感觉不到风，也会借着树影在白墙和写字桌上轻微的晃动，听到世界轻微的呼吸。

偶尔抬眼看见时间正在枝叶间跳动着，我确定是它从我小时候的某一下午走来，我就站起来舒展一下身体，坐到门口的青石台阶上发一小会呆。

夜晚的时候，站在梨树与樱花树之间，可以看到北面二楼卧室透出淡淡光晕。这个天地间我的小小居所，被简单的青瓦斜顶遮蔽，我喜欢从微光的屋顶向上看，顺着东西两侧的屋脊线向上交叉看到北斗七星，以及围绕我的星群，它们正在转换方向，为人们确认四季，确认时间。

月亮从我右面的洱海升起，转向西面苍山，彩虹或东或西，代表另外一些短暂的时间序列。我为这个地标赋予意义，创造一个空间，使万物空旷，使时间在其中开始，中间，或者无限延长，使这里成为我的观看、我的聆听、我的说话、我的世界和其他世界、现世的地方、地狱的地方和天上的地方、我所在的地方。

我在清风明月中写这些混乱矛盾又言之凿凿的文字，满心疑问又成竹在胸，也可全部推翻再玩。大地上每一轮植物在重新开始的那一个春天死去，或者又重新站立好姿态，活泼泼地开始前行，我们一样。天地没有涯际，我要走在更广阔和更本质的方向。

图书在版编目（CIP）数据

在雪山和雪山之间 / 乔阳著. -- 北京：北京联合出版公司，2020.7（2020.8重印）

ISBN 978-7-5596-4214-1

Ⅰ. ①在… Ⅱ. ①乔… Ⅲ. ①随笔—作品集—中国—当代 Ⅳ. ① I267.1

中国版本图书馆 CIP 数据核字（2020）第 072102 号

在雪山和雪山之间

作　　者：乔　阳
策　　划：乐府文化
责任编辑：管　文
特约编辑：刘衎衎
装帧设计：唐　旭

北京联合出版公司出版
（北京市西城区德外大街 83 号楼 9 层　100088）
北京联合天畅文化传播公司发行
北京美图印务有限公司印制　新华书店经销
字数 135 千　787mm × 1092mm　1/32　9.5 印张
2020 年 7 月第 1 版　2020 年 8 月第 2 次印刷
ISBN 978-7-5596-4214-1
定价：42.00 元